richard powers
powers book

柴田元幸編

パワーズ・ブック

みすず書房

編者のことば

ここ十年あまり、日本における現代アメリカ文学の紹介は、比較的望ましい形でなされてきたように思う。

トマス・ピンチョン、ドン・デリーロ、トニ・モリソン、レイモンド・カーヴァー、ジョン・アーヴィング、ティム・オブライエン、ポール・オースター、スティーヴ・エリクソン、ローリー・ムーア、ニコルソン・ベイカー、ジャメイカ・キンケイド……と、僕個人から見て、現代アメリカの最重要作家と思える人たちの作品は、最低一冊や二冊、作家によってはほとんど全部日本語に訳されてきた。細かい問題はあるにせよ、当今の厳しい出版状況を考えれば、ひとまず恵まれた紹介状況と言ってよいと思う。

だがそれでも、これまでの日本における現代アメリカ文学紹介は、画竜点睛《がりょうてんせい》を欠いていたと言わざるをえない。

なぜか。

リチャード・パワーズが一冊も訳されてこなかったからである。

現代世界、あるいは二十世紀といった大きな総体を小説で捉えるべく、歴史、芸術、科学、哲学等々をめぐる驚異的な博識を卓抜な言語感覚でしなやかに使いこなし、それでいて、一九八〇~九〇年代に生きる現代人のごく日常的な感覚から乖離してしまうこともない。二十世紀末に小説を書くことの自由と不自由を十分に自覚しつつ、小説の可能性を内側からのびやかに広げてみせる。パワーズのそうした作品は、本国アメリカでも、ピンチョン、デリーロらと並ぶ高い評価を与えられはじめている。

強烈な虚構世界を構築して、読後、まわりの現実世界に対し圧倒的な違和感を覚えさせる作家もいるが、パワーズはむしろ、読み手が作品と結んだ関係が、そのまま読み手が世界と結ぶ関係に地続きでつながるタイプの作家である。その意味で、誤解されそうな言い方をあえてすると、とても教育的な作家である。といってもむろん、出来合いの答えを提供するということではない。豊かな小説世界を発見させることを通して、読み手に自分と世界の関係を考えさせ、生き方を変えさせる、そういう効用をパワーズの小説は持っているのだ。

もちろんそれは、パワーズの書く小説がきわめて面白いことと矛盾しない。当然である。教師なら誰でも知っているとおり、教育がもっとも効率よく行なわれるのは、学生が面白がっているときである。パワーズの小説を面白がりながら、我々と世界とのつながりは、いつしかより豊かになっている。

この二十世紀末アメリカの大作家（という物々しい呼び方は、パワーズの若々しい容貌にはいまひとつ似合わないのだが）の第一作であり、二十世紀をテーマとする作品『舞踏会へ向かう三人の農夫』を、二十世紀最後の今年、みすず書房から刊行できることになった。この素晴らしい作家の第一紹介者になれたことを、心底光栄に思う。

そればかりか、パワーズ・ワールドの豊かさをさらに伝えようということで、このような「パワーズ本」まで出していただけることになった。これまた、望外の喜びである。パワーズのインタビュー、本国アメリカで書かれたパワーズ論なども収めることができて、この作家に関する情報を相当多面的に盛り込むことができた。特に、高橋源一郎、伊藤俊治、坪内祐三、佐伯誠、若島正、の日本側五氏が書き下ろしてくださったパワーズ論は、どれも本当に素晴らしい。五氏をはじめ、この本を作る上でご協力くださったすべての皆さんにお礼を申し上げる。特に、最大の敬礼は、みすず書房編集部、郷雅之さんに捧げられねばならない。大きな声じゃ言えないが、上記の五氏は、むろんその見事な文章で知られるわけだが、と同時に、そのうちの何人かは、はなはだしい遅筆をもって鳴る方々でもある。その方々から、締切どおりに、かくも気合いの入った原稿を獲得した功績だけでも勲章ものなのである。

柴田元幸

パワーズ・ブック　目次

カバー・表紙・扉デザイン　下田法晴
扉・本文イラスト　きたむら　さとし

RICHARD POWERS

高橋源一郎

「正しさ」の前線を下げよ

パワーズと「現代」小説の条件

『三人の農夫』の柴田元幸さんの翻訳をゲラで読んですげえ驚いた。最近、アメリカの新しい作家とご無沙汰していたのでパワーズを知らなかったのである。無知もいいところだった。もっと早く読めばよかったと思った。四、五年前までならちゃんとチェックをいれといたんだけどなあ。とにかく、興奮したまま、週刊誌で連載しているコラムにパワーズのことを書いてしまった。こんな感じ。

「『三人の農夫』は、今世紀初頭、第一次世界大戦直前、ヨーロッパの片隅の路上で撮られた三人の若者のスナップ写真にはじまる。この三人とは誰で、いったいなぜ、そんなスナップが撮られたのか? 一枚の写真をめぐり、叙述においては一人称と三人称を交えながら、時間においては二十世紀全体を、空間においては大西洋をはさんだアメリカを含む広大な世界を舞台にした謎解きがはじまる。戦争と死の翳、百科全書的知識、自然科学への異様な関心、陰謀と謎、そして付け加えるならこれが二十八歳で書かれた処女小説であること……と列挙していくと、小説好きなら誰だってピンチョンを連想してしまうだろう」

……というわけで、これまでもずいぶん出てきた「第二のピンチョン」に待望の本命出現だと思ったのである。ほんと『V.』だな、これは(いろんな意味で『重力の虹』でもあるけど)。ところで、その「ピンチョンらしい」感じがなにかというと、たとえば、はじめの方で、音楽の発生源たる目的地までは、まだ一キロ半ある。それがこんなに遠くまで聞こえてくるのは、一九一四年春の空気の、死んだような静けさのせいである。音は氷点において一秒間におよそ三三一・五メートル進み、温度が摂氏一度上昇するごとに約〇・六メートル速度を増す。このすがすがしい五月の日、気温は理想的と言うべき二十度、したがって今日の音速は毎秒三四三・五メートルである。五秒のあいだに音楽は——バイエルンのビヤホールからであれウィーンの森からであれ——一七一七・五メートルの距離を旅する。三人の若者が五月祭に着くまでに踏破するより若干長い距離である。五秒間、テンポを毎分八十五拍とすれば、彼らの耳に届くワルツはすでに二小節過去のものである。

（「第二章　舞踏会へ向かうヴェスターヴァルトの農夫たち、一九一四年」）

といったところを読んでいて、いかにも「らしい」書き方だなあとニッコリし、それから、

逆説的なことに、超進歩はやがて、静止と化す。過去三十年において世界はキリスト以降それまでの年月以上に変わった、という命題はいまだに真である。いまだに真だということは、ペギー以来何も変わっていないことになる。社会的文化はおのれの尻尾を口にくわえ込み、ベンゼン環を形

成した。

（「第七章　アラビアゴム手法で描いた肖像」）

ペーターは彼女に、太腿の裏側を撫でられて気持ちがいいか、と訊ねていたのだった。そしてじき彼も、そういう瑣末なことは忘れて、肝腎の仕事に取りかかった。ズボンの前を開けようとしたが、見ればもうすでに開けてあった。彼女をうしろから征服すべく、じりじりとにじり寄っていく。と、一瞬、彼は身を引いた——シナプスの交叉による刺激が、しばしば彼を呆然とさせた——いま自分が触れたものは、彼女のドレスの内側に棲みつく目的でゾイデル海から陸地を三百キロ旅してきた海洋性哺乳動物だとつかのま信じて。

（「第八章　停滞した前線」）

といった書き方にうなずき、さらにこんな「美しい」比喩の数々に、ぼくはしびれたのだった。

サラ・ベルナールほどの有名人ともなると、傍観者たちによる「編集」作業が、彼女の真の自己をほぼ全面的に隠してしまう。水のなかの無機質が、倒木の細胞に取って代わるように、伝説が彼女の人生を結晶化させ、ついに彼女は、傍観者たちの噂そのものと化す。

5　POWERS BOOK

（「第十三章　第一次大戦期の偉人たち」）

雪は情景を消し去ったが、空気は不思議に、とりわけ冷たくは感じられなかった。ある特定の温度では——二十度、次に十度、そして零度、さらに、冒険物語によれば零下四十度に——温度が浸透圧的に肉体とマッチし、肉体は包まれるのを感じることなく温度に包まれるという。いまもちょうどその尖端点に達しているように思えた。

（「第十九章　安価で手軽な写真」）

これだけ書き抜いても、パワーズの書法はよくわかる。その特徴は、表面上は、科学的知識を小説の「文」に紛れ込ませるといったやり方に、あるいは科学的知識を使った新しい（あるいは珍奇な）比喩を使いこなしてみせるといったアクロバティックな技術にあるように見える。だが、ほんとうのところ、ここでパワーズが書こうとしているのは、というか読者にわかってもらいたいのは、現代の作家の手に与えられた武器がいかに少ないかということだ。

長篇小説を書く。そのためにはたくさんの中身を用意しなければならない。たとえば、謎解きのミステリーではこうだ。最終的に解かねばならない一つの謎に到達するため、作者はたくさんの証拠を書き込んでいく。そのために絶対必要なことは、その証拠の一つ一つがきちんとしていなければならないということだ。別の言い方をするなら、輪郭がはっきりしていなければならない、それ以上説明の必要がないほど明確でなければならない、複数の人間に対して共通の意味を有していなければならない、解釈の違いなどあってはならないということだ。確実な証拠があること。それだけが、謎を解くための唯一の道なのである。

だが、最後の謎に至る証拠の一つ一つは果して疑いをいれぬものなのだろうか。

たとえば、心理。近代小説の多くは、作中人物の心理を描くことにあらん限りの技術を動員してきた。描写は細かく、どんどん精密になり、やがては切れ切れの意味のない断片にまで砕かれる。なぜ、それが可能なのか。それは、近代小説の背景にデカルト的な「コギト」があったからだとぼくは思っている。「私」というものの実在だけは疑いえない。それが近代小説を成立させてきた鍵なのである。たとえば、その「私」は「作者」であり、また時には「登場人物」であろう。彼らの内面がいかに複雑で混迷したものであっても、その実在だけは疑ってはならなかった。その実在の不可誤性が証拠を支え、ついには最後の謎へ到達することを保証したのである。

もう一度、パワーズを引用してみよう。

雪は情景を消し去ったが、空気は不思議に、とりわけ冷たくは感じられなかった。ある特定の温

7　POWERS BOOK

度では――二十度、次に十度、そして零度、さらに、冒険物語によれば零下四十度に――温度が浸透圧的に肉体とマッチし、肉体は包まれるのを感じることなく温度に包まれるという。いまもちょうどその尖端点に達しているように思えた。

この描写は、近代小説を成り立たせてきた条件とは無関係な地点で書かれている。作者はデカルトの地点ではなく、フッサールやヴィトゲンシュタイン以降に位置しているのだ。デカルトは疑いえぬものを求めて、最後に「私」にたどり着いた。だが、フッサールやヴィトゲンシュタインは、同じものを求めて、「私」とは別なものにたどり着いたのである。というか、正確にいうならデカルトが考えるような意味では、さらにいうなら、ふつうの人間が考える意味では、疑いえぬようななにかはない、という結論に達したのである。

ここでは「私」の「心理」や「感覚」は、前提なく正しいものとは見なされていない。だからといって、ここでパワーズが主張しているのは、曖昧な「私」の「心理」に替わって、厳密な「科学的」用語や「科学的」思考を使うべきだということではない。それもまたデカルト的思考なのだ。なぜなら、「正しさ」がまだどこかにあることになってしまうからである。「正しさ」はあらゆるところに出現しようとする。もちろん、小説の内部にも。一人称や三人称を安定的に使うこと。物語を信じること。あるいは信じるふりをして書くこと。そのどれもが「正しさ」として、小説の前面に現れる。

彼は「正しさ」の前線を下げよと主張しているのである。厳密な意味での「正しさ」はない。それでも人は生きねばならず、その中でまた小説も書かれねばならない。では、どうやって、なにを根拠にして書くことができるのか。

「正しさ」の座標の変更。

ぼくは、近代小説と現代小説との分岐点はこれだけだと思っている。ピンチョンが数少ない現代小説家のひとりであるのはただこの点による。

ピンチョンは（そして、パワーズは）歴史の中に分け入る。そこでいちばん重要な地位を与えられるのは固有名である。人名、地名、あらゆる物の名。それは現代哲学でも、その性質上、疑いえないものとされている。だからといって、それは小説を書く「根拠」にはならない。さまざまな科学的知識、そして法則。それもまた、（観察上の問題を繰り込めば、というか誤りうることがそもそも前提となっているが故に）疑いえぬものであろう。「正しさ」の前線はそこにある。逆に、登場人物たち、その感情や運命、そしてそこで起こる事件の数々、その謎はどれもヴェールの向こうに存在しているかのように曖昧だ。ピンチョンの小説の中で「正しさ」の基準は明らかに変更されている。近代小説で重要とされているものの影が薄く、そうでないものの影の方が遙かに濃いのである。

それは作家にとって不幸なことなのだろうか。そうではない、とパワーズはいう。
どのように「正しさ」の前線が下がろうと、なおかつ、作者は書かねばならない。『舞踏会へ向かう三人の農夫』の白眉は、現代最高の哲学者の一人ホワイトヘッドのこんな言葉を最初に掲げた第十六章の「私は可能性に住む」だ。

〔独立した〕存在様式というものはありえない。個々の存在物はすべて、あくまでそれと宇宙全体との絡みあい方から理解されねばならない。

ホワイトヘッドのこの言葉を小説的に読み替えるなら、「独立した登場人物はありえない。個々の登場人物はすべて、あくまでその小説全体との絡みあいから理解されねばならない」となるだろう。いや、「一人称の私、その小説の唯一の一人称であるが故に作者とも思える私、全体から独立した存在と考えられる作者である私というものはありえない。当人がどう思おうと、その作者である私は、あくまで小説全体との絡みあいから理解されねばならない」となるだろう。

「私」はこう言う。

こうした認識の瞬間、私は一時的に、眼前の出来事に参加するのをやめて、知覚のヒエラルキーを一段階ジャンプする。もはやいつもの私の視点から対象を見ているのではなく、対象の視点から私自身を見るのだ。見られるものから、見る行為へと知覚が標的を移すのである。こうした転換には、まるでそれが慣れ親しんだ体験であるかのような感覚が伴う。というのも、このような、観察されたシステムの外に立つ瞬間は、ほかのすべての同様な瞬間とつながりあっているからだ。(……)

観察の角度をわずかに変えることで、一見バラバラの木々から成る低林が、果樹園として姿を現わすとすればこの特定の角度には、独自の有効性があることになる。観察者が作ったのではない秩序をあらわにしたのだから。そうした〈果樹園効果〉の突然の発現には、つねに快さが伴う。認識の悦びがそこにはみなぎり、この共有点に立ち寄っていくすべての探検家との一体感が生じる。(……)観察によって変わらない行為はない。観察者を巻き込む行為を伴わない観察はない。何のきっかけもなしに認識の湧いてくる瞬間の一つひとつが、凡庸な日常生活に戻っていくよう私に呼びかける。捏造と観察から成る、決まりきった日々の暮らしをつづけるよう、何であれ自分の手で為しうる仕事に手を汚すよう、呼びかけるのだ。

ここでパワーズは、現代物理学の、純粋な観察は不

11 POWERS BOOK

可能という認識に立脚して書き進める。もちろん、重要なのは物理学的認識ではない。「正しさ」の前線をそこまで下げることによって見えてくる風景が重要なのだ。悲しいかな、我々は凡庸な日常生活をおくらねばならない。紙の上で厳密な思考を繰り広げることはできても、いったん日常生活に戻れば、近代どころか古代の人間とほとんど変わらぬ感情を持ち、そこらをうろつきまわる。だが、ある時、「観察の角度をわずかに変えること」で、見えなかったものが見える瞬間がやって来る。そこで我々が得られるのは「認識の悦び」だ。世界はあまりにも膨大な情報に満ち、ぼくたちはその断片に微かに触れるのみである。だが、それは絶望ではあるまい。その中、巨大な世界の中の断片にすぎぬ一個人、無限に続く時間の中間点に微かにきらめきたちまち闇に呑み込まれる個体であるぼくたちの武器は「認識」でなければならない。我々は何で、どこから来て、どこへ行くのか。

近代のはじまりにデカルトは一つの答えを書いた。それから、時が流れて、現代になり、ぼくたちにはまた別の答えが必要になった。哲学者たち、物理学者たち、数学者たちはそれぞれに答えを書こうとした。もちろん、それは人間とは何かという古くて新しい問いへの答えだ。パワーズはそうやって書いた。そんな作家、実は少ない。

世界のねじれの影のなかから

伊藤俊治

それらの写真を見て気づくのは、何か決定的なものがそこから抜き去られているということだ。そうして取り去られたものは別次元に集積され、長い時間をかけ発酵し、再びその写真を通し新しいエコーを見る者に送り返し始める。抜き去られたもののすべてから見つめ直される。写真のなかの人々の眼差しを出口に、消し去られていた感情や無意識が激しい勢いで見る者に流れ込んでくる。

それらの写真を撮影したのはアウグスト・ザンダーというドイツの写真家である。ザンダーは十九世紀人として一八七六年にドイツ中部へアドルフで生まれた。彼は青年の頃から写真に熱中し、ドイツ各地の写真スタジオで修業を積んだのち、二十世紀の始まりの一九〇一年、オーストリア、リンツの写真スタジオのカメラマンとなり、軟焦点の絵画的作風を持つ一級の肖像写真家として数多くの顧客を抱えるようになる。

しかし一九〇九年、ドイツ、ケルン近郊リンデンタールに移り、新スタジオを開設した頃からザンダーの写真は大きく変容してゆく。この頃からザンダーは裕福な市民層ばかりではなく農民や労働者や軍人たちを撮りだし、しかもソフトフォーカスの芸術写真のスタイルを放棄し、記録としての、即物的で、直観的な写真をめざすようになっていった。

そしてザンダーはドイツ社会のあらゆる階級や職業を包括する肖像写真集『二十世紀の人間たち』の計画を構想し、その実現へ向けた仕事を始めることになる。一九三〇年にミュンヘンで刊行された『時代の顔』

は、こうした大規模な計画の中間報告とでも呼べるものであった。

『時代の顔』には、新しい都市小説『ベルリン・アレクサンダー広場』（一九二九）で著名なアルフレート・デーブリーンによる序文が付されている。その冒頭で彼は興味深いエピソードを語る。

> セーヌ川から若い女の屍体が引きあげられた。自殺と思われるこの身元不明者は死体公示所へ運ばれ、デスマスクを取られる。問題なのはこのデスマスクに固定され、痕跡として残された死の直前の表情である。デスマスクは人間から表情を取り去る。デスマスクはまるで写真のような作用を人に及ぼすのだ。
>
> 女は二〇歳前後で、顔はくせがなく、髪は分け目から左右にまっすぐ流れ落ちている。その閉じられた両目が最後に見たものはセーヌの岸と水だった。その直後に、短く、冷たい戦慄が女の全身を襲う。めまいが訪れ、窒息と失神が瞬間的に続く。
>
> しかし女は軽く口をすぼめ、両目と口のまわりに優しいほほ笑みが浮かびあがっている。歓喜のほほ笑みではなく、歓喜に近づく時のほほ笑み、期待のほほ笑みだ。何かに呼びかけ、ささやきかけるような。そのデスマスクには不思議な誘惑のしるしが刻まれていた。人を蠱惑し、おびき寄せるような何かが表情から流れ出している。

デーブリーンの手元にはデスマスクだけを集めた写真集があり、この身元不明の女のデスマスク写真はそこに収められていたものだった。フリードリヒ大王やスウィフト、ロレンツィオ・メディチなどのデスマスク写真も含まれ、そこにはある均質なトーンのようなものが漂っていた。

デーブリーンはその理由を、これらの人々から何かが完全に取り去られているためだと指摘した。彼らはただ目を閉じ、死んでいるのではない。彼らの顔からは何か大切なものが多量に抜き出されている。彼らの顔を個人的なものにしていたものが消え失せる。各々が属する人種や組織、個々の特徴や表情、あるいはこうした要素に加えられる自然や社会の変化、そうしたものがそこからは見事に吸い取られてしまっている。

ではセーヌから引き上げられた女がほほ笑んでいるのはなぜなのか。すべての人々がデスマスクにより決定的なものを吸い取られてしまうわけではなく、ごく少数の者は幸福へ近づいてゆくからだ。彼らの目は個体としての生に対して閉じられながら、同時にある匿名のプロセスへ向かってほほ笑みかけ、甘美な期待に唇を突き出すことが可能なのだ。

ザンダーの生者たちを撮影した写真を前に、さらにデーブリーンはこう言う。

「個人的なものとすべての活動とが洗い落とされる、あの大きな桶に、この者たちはまだ落ちてはいない(註)」。

この者たちは、同時代の人々が皆揺られている海のなかを同じように漂っている。デスマスクからはあの匿名性が圧倒的な力を持って迫ってくるのに対し、ザ

17 POWERS BOOK

(註) アルフレート・デーブリーン「顔、映像、それらの真実について」(アウグスト・ザンダー『時代の顔』への序文、ヴァルター・ベンヤミン『図説写真小史』久保哲司編訳、ちくま学芸文庫収録)。

ンダーの写真からは個体とも匿名ともつかないものが派生してくる。ザンダーの写真のなかの人々は確かに個体なのだろう。しかし個体であると言った途端に、そこから個体性は消え失せてしまう。デスマスクのようにすべてのものを均質化してしまう死ではないのだが、それに近い作用がすべての顔の上に射し込んでいる。

社会や階級や文化段階による顔と映像の驚くべき均質化がおこなわれているのだ。ザンダーの生者たちの肖像写真を前に、死と同じように作用するある力の実在に立ち会う。つまり時代とメディアによる一元化の作用であり、人間社会の集合的な働きであり、二十世紀そのものの目に見えない力である。そのような力が、そこに写された人々から決定的な何かを抜き去ってしまった。

個人が時代の歴史をつくるのではなく、個人がおのれを歴史に刻印し、歴史の意味を体現するのだとザンダーは言った。ザンダーは人々のもとを訪れた情熱や悪や洞察の記録である個々の顔の歪みやよじれ、刻まれた皺やひだに憑かれた。そしてザンダーは個々の人々からデスマスクのように顔を剥ぎとってゆく。

デーブリーンは見る者と対象の距離の問題についても触れている。つまり我々が人の個性を見分けられるにもかかわらず象や蟻の個性を見分けられないように、個体と集合という問題は、距離が近いか遠いかということに他ならないと言うのである。ある距離から見ると差異は消え、個体は存在をやめ、普遍概念だけが正当性を持つようになる。

そのことは学問的な視点や歴史的な視点、哲学的な視点や経済的な視点といった距離の取り方にも同様に言え、距離の取り方により対象は別の様相を帯びる。ある距離の取り方により、突然、我々もまた我々自身にとって見知らぬ存在になる。我々はその時、我々自身さえ知らなかった事実に気づかされる。考えてみれば写真は、そのことを知らしめるメディアであり、その距離と視点の装置だった。もはや私の視点から対象を見ているのではなく、時には対象そのものの視点から私自身を見ることさえできる。知覚が転位し、自意識さえ目に見えるようになる。

写真が出現する以前は我々が言う意味でのリアリティということはそれほど強く意識されなかったのかもしれない。しかしその現実の内部にいる存在であった我々を、写真はねじれさせた。写真は対象を精密に、直接的に写しとめることで、実は我々が守られ、包まれていたがゆえに見えなかったある新しい現実の層との遭遇という亀裂を用意したのだ。いや、我々というよりも、写真の存在が世界そのものに他者としてのもうひとつの世界を発見させるトリガーとなり、世界をねじれさせ、世界の内部に亀裂を入れたのだ。二十世紀自身に他者としてのもうひとつの二十世紀を発見させるよじれを用意したのだ。その写真が用意した裂け目やよじれから新しいリアリティが生じていた。その距離や視点が変質してゆく世紀が二十世紀だったのかもしれない。そしてその裂け

19 POWERS BOOK

目やよじれが新しい物語を発生させる磁場になってゆく。

だとするなら写真とは、消え去った出来事や人物を後向きに取り戻すだけでなく、実は前向きに送り出すこともできるはずだ。前向きに想起し、自分を未来へ投企する。瞬間瞬間に、歴史や過去を組み換え、いまだ知られざる過去から送られてくるメッセージをある物語の啓示として受けとめてゆく。どこかの未来へ向け、新しい記憶を送り出してゆく。

デーブリーンはその序文の最後で、ザンダーの映像の多くを前にすると、物語を語ってみたくなると言及している。こうした映像の数々は、物書きにとっては、たくさんの新聞の切り抜きよりもはるかに刺激的で、得るところの多い素材だと言うのだ。それらの写真には物語への誘惑を強く喚起させる力がある。

おそらくリチャード・パワーズはこのデーブリーンの示唆を心に秘めながら、『舞踏会へ向かう三人の農夫』を書き始めたのではないだろうか。

『舞踏会へ向かう三人の農夫』は無数の匿名の写真を収めた巨大なアルバムのようだ。それは写真と文学の相互関係がもたらす新しい表現の可能性に触れながら同時に卓抜な二十世紀論にもなっている。写真から小説を書くことのさまざまな意味を考えることは、二十世紀という位相の意味を考えることにつながっているのかもしれない。

かつては生きていたザンダーの写真の人々も今ではほとんど鬼籍に入り、死の匿名性のなかに埋もれてしまっている。当時は生者の肖像写真集だったものが死者のアルバムとなる。しかしそれゆえにそこには新たな想像力の芽生える素地が生まれてくる。

ケルンのメディアパークにある写真美術館には、ザンダーの写真アーカイヴとともに、彼のスタジオが当時のまま精密に再現されている。ザンダーが使っていた大型カメラ、机、メモ帳、レンズ、帽子……ザンダー本人を除いて当時のすべてのものが配置されたそのスタジオを訪れた時、ヴァルター・ベンヤミンの言葉が思い浮んだ。

ベンヤミンは我々の住む都市のどの一角も犯行現場であり、都市のなかの通行人はみな犯人なのではないかと問うた。そして占い師の末裔である写真家は、彼の犯行現場のような写真の上に罪を発見し、誰に罪があるのかを示す使命があるのではないか、と。

その犯行現場の跡のような一枚の写真から新しい物語が始まってゆく。

二十世紀という暗闇から歴史の緊張を放電させ、火花のような物語を走らせる。

『舞踏会へ向かう三人の農夫』は、二十世紀の最後にたちあらわれたそのような新しい文学としてある。二十世紀という暗箱の小さな穴を通ってめくるめくるばかりによじれ広がる地平を浮かびあがらせる視覚的影像の文学として、その物語はプリズムのように光をまきちらしてゆく。

リチャード・パワーズ

対話

二つの弧が交わるところ

坂野由紀子訳

スヴェン・バーカーツ

リチャード・パワーズには、一度だけ会っていた。一九九三年度全米図書賞の、満員のパーティ会場でのことだ。彼の作品『さまよえる魂作戦』がフィクション部門の最終候補に残されたことに、私は祝意を述べた。そして、文壇関係者でごったがえすその頭越しに、僅かばかりの言葉を交わした。パワーズは「では、お話のほうはまたいずれ」と言って席に戻っていったが、その言葉は口先だけではないように思えた。そして約束はついに果たされた。インタビューという場を借りて。

この電話インタビューにむけ、私は嬉々として予習を始めた。パワーズの本を並べたのは、ベッド脇の本棚の特等席のはずだったが、ふだんはそんなことも忘れている。ところが、いざベッドの上に全部並べてみると、さまざまな印象がよみがえり、私の部屋の空気はざわめく。記憶やイメージが次から次へと重なり合い、もつれ合ってもう、何がなんだかわからなくなる。この際、読んだ自分を信用するしかない。あらためてメモを作ったりするのは、やめよう。

ここに、最新作『ゲイン』のゲラ刷りがある。表向きにはこれが、今回のインタビューの口実である。ほかの作品と一緒に置いてしまうと、引越してきたばかりでまだ周りになじめない、といった風情だ。たしかに過去の作品との連続性の中にあるが、さらに読む者の目を見張らせるところもある、独創的な作品。だがどういうわけか私は、この作品について、いろいろと話を聞く気になれない。他にも知りたいことが、沢山ありすぎるのだ。それに、読者には、私と同じように、この新作が作り出す波に、じかにぶつかって、新鮮な驚きを体験してほしかったのだ。『ゲイン』によってパワーズは、新境地を切り開いた。構造は驚くほどシンプルながら、その奥に隠された意味は鋭い。パワーズは、私がその新作について聞かないことを、不本意に思うだろうか。そうでもなさそうだ。彼は私の質問のひとつひとつに、真剣に答えてくれる。ただ、最後の最後に、会話がオフレコになった時、はじめてこう言った。「新作の話まで、たどり着きませんでしたね」。しかし、名前こそ出なかったものの、インタビューはあらゆる意味で新作に触れていた。なぜなら、彼のこだわってきたテーマのすべてが、そこにはあるからだ。進化の速度。個人的な出来事と歴史的事件との間にある、複雑な対応関係。倫理的基盤の探求、などなど。パワーズはこれまでに、このようなテーマをひとつ、またひとつと、作品を追うごとに育ててきた。読者もまた、ふりかえってその軌跡をたどらざるをえない。これを低速度撮影写真ばりに想像してみれば、その変化のダイナミックさに呆然とするに違いない。

（S・バーカーツ）

スヴェン・バーカーツ（以下――で表記）　フラナリー・オコナーが、作家にとって本当に重要なことはすべて思春期までに起きてしまう。と言っています。もちろん彼女は、あなたの作品ほど「知能的」ではないフィクションの話をしているわけですが、その言葉には何か、真実の核心に触れるものがある気がします。あなたの中の「書く私」の来歴を、少し話してもらえませんか。たとえば、列車で乗り合わせた初対面の人が、根ほり葉ほり聞いてくる。その人にはもう二度と会うことがないとしたら、どんな履歴を語りますか。

リチャード・パワーズ　列車に乗り合わせた初対面の人に、根ほり葉ほり聞かれたら、たぶん思わず話を作ってしまうでしょうね。だって、これぞまさに、作り話で通せる絶好のチャンスですからね。「書く私」を伝記的な事実と結びつけていこうとするのは、面白いですよね。私の場合、思春期までの時期は、十一歳までをシカゴの北地区で、十一歳から十六歳までをタイのバンコクで過ごしました。それによる分断というか、文化というものに対して私が持っていた既成概念を、いったんすべて分解修理する体験は、「プライベートな私」と「書く私」

のどちらの人格形成にも影響していると思います。そして、バンコクから、また中西部に戻って来ました。大学に行くころには、自分は科学者になるものと思いこんでいましたね。

――科学者というと、どの分野の？

パワーズ　物理学者です。私が生まれたのは、スプートニクが打ち上げられた年です。あの事件が、この国の、テクノロジーに携わる職業のイメージをどう変えたかは周知の通りです。ですから、少なくともそういう意味で、オコナーの説は私にも当てはまりますね。でも、自分にとって危機的な状況や困難な課題に対する解決の糸口を、書くことに見い出したのは……私の場合、それは、もっとずっと後になってからのことですね。

――その、タイでの生活というのが、孤独とプライバシーの世界への没入だった、と定義するのは間違いでしょうか？

パワーズ　その逆でしたね。タイの文化は、私がそれまでに親しんでいた文化よりも、ずっと公的な場所で展開していたのです。伝統というものが共同体に深く根を下ろし、いまも形成され続けているのだという感覚を当たり前に受け入れる土地でした。そういうところに、十一歳という年齢で連れて行かれたことは、私にとって目を開かされる体験でした。

――あなたの作品はどれも、作者の知識が非常に幅広いことを披露していますね。いつも熱心な読書家であったのではとお見受けしますが、幼い頃の読書体験について、少しお話しねがえますか。

パワーズ　関心が実践的な知識の方向に偏っていたので、読む本もおのずとそちらになりましたが、かなり早い時期から、精力的に読書していましたね。子供らしく空想の世界に酔う、というあたりを省略して、いきなりノンフィクションの世界にのめり込んだのです。人格形成に影響した読書体験のひとつに、ダーウィンの『ビーグル号航海記』がありました。小学四年生の時に読んだのですが、心からこう思いました。「これぞ人生だ」。『イリアス』や『オデュッセイア』も読みましたが、それらも私にとっては、フィクションというより、むしろ民族誌的なものだったんです。

――そのころ、小説も読んでいましたか？

パワーズ　本当に幅広い知識を体得したいと思うなら、フィクションという一見、遊びの世界に入っていくしかないのでは、と思い始めたのは、しばらく後になってからのことです。そう思うきっかけになったのは、イリノイ大学での学生生活でした。その頃の私は、物理をかなりわかるようになっていて、これを仕事にしてしまうと、重要な点で妥協を強いられる危険がある、と悟ったのです。そもそも私が物理を好きになったのは、物事の原理に近づく喜びがあるからなのに、それを捨てなければいけないのかもしれない。私が物理の原理を理解すればするほど、ある種の専門化が必要になってきます。要するにこれは、「専門バカか何でも屋か」の話ですね。その人の気質がどうであれ、何らかの専門分野に新たな知識を貢献したければ、理科系の還元主義的プログラムに従うかぎり、典型的な専門バカにならなければならない。もっともっと多くのことを、さらにさらに小さな問題について学ばねばならず、最後には、どうでもいいような小さな事について、すべてを知り尽くしている、ということになってしまう、と。この時、私は、専門化というプロセスが、自分の中の何を犠牲にするかを悟ったのです。そして、それまでは「捏造の要素が入り込むから」と相手にしていなかったフィクションの知識体系のほうが、より大きな統合の起こりうる場所かもしれない、と思いはじめたのです。

――フィクションの可能性を、はっきりと見せてくれる作品との、具体的な出会いはありましたか？

パワーズ　そうした最初の出会いは、ジェイムズ・ジョイスでした。彼からは、何というか、想像力が生み出す視差、とでも呼ぶべきものを、教えてもらいました。彼が語ったのは、非常に濃密な、リアリズム的ストーリーです。人生の、ある一日を要約したもの。一方で、それと平行する枠組みがあって、それは、前の物語と確実に接触しているけれども、それに対する知的なコメントにもなっている。つまりそこには、二種類の枠組みがあるわけです。そして、その二つの間には大きな隔たりがあるにもかかわらず、お互いが行き来をする。一体化によって得られる知と、観察によって得られる知。登場人物たちの人生が、この、いわば巨大なる百科事典の生によって二重化されていくのです。補完しあう二つの平面によって、三次元の世界を作り出すことができる、というこの考えを、やがて、初めて書いた小説『舞踏会へ向かう三人の農夫』で取り上げ、うまくいくかどうか、試してみたわけです。

――では、ジョイス病にかかってからは、言うなれば、もう後戻りはできなかった、ということでしょうか。それとも、ペンを持って書き始めるまでには（タイプライターの前に座るまでには、でもいいんですが）、かなりの紆余曲折があったわけですか？

パワーズ　ああ、ほとんど毎年、もし引き返したら、と思わないことはないですね。つまり、バランスをとるかのように、もっと経験主義的な専門分野との、もっと組織立った知識体系とのつながりをもちたい、という欲望が、わいてくるのです。でも、違った意味で、フィクションの誘惑からはもう逃れられない、というのはありますね。振り返ってみると、これまでの過程は、あの時からずっと、動かしがたいものだった。

――あなたの作品のほとんどに見られる、際だった特徴の一つが、非常に巧みなプロット・ラインの編みあわせではないかと思います。「対位法」という言葉が、私の頭に浮かびます。ご自分を、建築家的な設計感覚を持った作家だと思われますか。直観的に浮かぶのは、登場人物やプロット展開よりも、作品の構造のほうが先ですか？

パワーズ　自分で自分を定義するなら、「ボトム・アップ型の作家になろうと努力しているトップ・ダウン型の作家」でしょうね。

――トップのほうが作品の構造で、ボトムのほうが登場人物、ということですね？

パワーズ　そうです。言い換えると、私は、放っておくと、建築的なデザインのほうに向かってしまうんです。面白いことに、デザインというものに、頭でじゃなく、肉体感覚的に動かされてしまうんです。それは、誰にでもあることではないですよね。私にとって、形式がしっくり来るかどうかは、非常に大きな、感情的な問題なんです。でも、読者の多くが、私のように、俯瞰的な視点から見えるものに畏怖の念を抱くわけではないことは承知しています。むしろ、自分の目と同じレベルにあって、自己投影できる手がかりの方を必要としている。私が本を書く場合、といっても、毎回状況は違うんですが、まずは構造的な面を組み立てることから始めます。そのあとで、細部を絞り込むというか、分解してゆこうとするわけです。骨組みに、具体的な部分で肉付けをして、全体的な構想図を補強してゆく。ところが、そういう作業の中で、全体的な構想に対して「自分は自律的な存在である」と主張するような要素が出てきます。いろんな場面や登場人物、脱線的なコメント、身ぶり、スタンスなどです。そういうものに対しては、私は、受け身というか、無抵抗なんです。こちらが、ボトム・アップ的な「浸出」ということになりますね。つまり、この登場人物はどちらへ行きたいのか、見守ったり耳を澄ましたりするとか、そういうことです。

――あなたには、音楽の素養というか、音楽教育を受けた経験があるのですか？

パワーズ　音楽は、私の人生にとって、欠かすことのできないものでした。幼いころから歌うのが好きでしたし、チェロについては、正規のレッスンを受けています。私は多くの作品で、音楽の概念に重要な役割を担わせています。とくにそれが顕著なのは、『黄金虫変奏曲』ですが。私が思うに、人が何かを聴いているときに見せる反応というのは、人がものを読んでいるときに見せる反応と、かなり似ていると思うのです。つまり、何らかの「形」に対する予感が満たされたとか裏切られたとか、そういうことに深く、感情レベルで反応するわけです。もちろん、一般的なリスナーが、音楽を聴きながら「ああ、ソナタ・アレグロ形式だ。これが第一主題グループ、これが第二主題グループ。この不安定要素が、展開部によって解決されるんだな」などと言っているわけではないかもしれません。今時そんなふうに音楽を聞く人は、もういないかもしれない。でも、どこかのレベルで、我々の肉体は、そういうことに反応しているはずなのです。

——おっしゃる通り。

パワーズ　われわれが注意を向けるのは、メロディがその場その場でどう変わっていくかとか、ある転調から得るつかのまの恍惚とかいったことです。けれども、それが聞き手の心に強く訴えかけてくるのも、それを支える構造あってこそ、です。ですから聞き手は、実は、有機体なみの完成度を備えた作品を求めているわけです。どんな尺度で眺めても、ある相似性が、きちんとそこに見えること。たとえば有機体には、それぞれ固有のグランド・デザインがあって、細部に至るまでグランド・デザインと同じ構造が確認できるはずです。つまり有機体には、「器官」のような比較的小さな構造体から、「細胞」、「細胞核」といった小さな構造体までが内包されているわけです。ところが、小さいものがなければ大きな構造は成り立ちませんし、また逆に大きな構造がなければ、小さな組織も居所を失うでしょう。ある作品がうまくいくというのは、こちらがそのことを意識していなかったとしても、文体の個性というか、ひとつのセンテンスのゆらめきが、その場面、その章、その本全体にとって必要な役割を果たしているということなのです。

——自分のテーマが進化する、自分のこだわっているテーマが進化するという感覚はありますか。作品を追うごとに、そのような感じがありますか？

パワーズ　作家に、自分の語りのプロセスを語らせようというわけですね。

——なぜ語れないか、についてのコメントでもかまいませんよ。

パワーズ　いや、語りましょう。これは、よく思うことなんですが、私の場合、どの作品も、何らかの意味で、前の作品で答えることのできなかった問題に答えようとする試みという気がします。書いていくはしから、書こうと思うことの大半はこぼれ落ちてしまうものです。前いた場所に戻って、もう一度書き直したい、という欲望は、ケリのつけられなかったものにきちんとケリをつけたい、という欲望でしょう。結果的に、私の偶数番号の作品は、奇数番号の作品とは全く異なったものになっています。まるで、前後運動を繰り返すエンジンが作動しているようなかんじですよ。

——いまあなたの頭に浮かんでいるのは『囚人のジレンマ』と『さまよえる魂作戦』と、『ゲイン』ですか？

パワーズ　ええ、その三冊は『三人の農夫』、『黄金虫変奏曲』、『ガラテア２・２』とはまったく違います。先ほど出てきた言葉を使うなら、奇数番号の作品は、どちらかというとトップ・ダウン型です。偶数番号のほうは、それを補足する試みのようなものです。前いた場所に戻って、ボトム・アップの立場から、問題点をもう一度想像し直す。

——何か正反対のものを作ることが必要になる、あるいは、そのようなものが生まれることを許す、というのは、あなたという作家に特有の、バランス機構の一部だと思われますか？

パワーズ　それは、そうですね。作家なら誰でも、ひとつの仕事に三、四年かかわったあとでは、ある種の枯渇を覚えるのではないでしょうか。

――できあがった物にたいして、嫌悪感すら感じる人もあるようですが。

パワーズ その嫌悪感を克服させてくれるような何か、というのは、ひょっとすると、作家が持ちうる特性のなかで、一番大切なものかもしれませんね。それさえあればとにかく、三年分の仕事の成果を自分から台無しにしてしまう、などということはなくなりますから。しかし、その嫌悪感とは対照的に、自分が書き上げた物から得る大きな満足感というのもあります。この二つをつき合わせる必要がありますね。この二つは互いに補完し合っているのではないでしょうか。嫌悪感ばかりが喧伝されますが、もし絶望感を埋め合わせて有り余るものがなければ、作家というのが、これほど魅力的な職業であるはずがありません。

――ある意味で、その嫌悪感というのは、成長する前の自己、というものに対して人間が抱く感情と、ほとんど同じものなのではないでしょうか。もちろんそこに、前の自分をいとおしい、と思う感情の混じることはありますが。それはもう、成長の原則、と呼べるようなものではないでしょうか。

パワーズ 見事な表現ですね。私も、前作のほうが、前々作よりも、脅威だと感じますから。おっしゃるとおりだと思います。成長というパラダイムの中では、ちょっとした違いが、大問題なのです。もう自分はそこにはいないのだ、と実感する必要があるわけです。そのためにはある程度、それまでの自分を放棄することが必要になってくるでしょう。

――お気に入りの「子供」はいるんですか?

パワーズ おっと、ソフィーの選択、ですか? これがもし「無人島に持っていくなら、どの本」という質問だったとすれば、たぶん『黄金虫』と言わざるをえないでしょうけど。あれがいちばん「お得」ですからね。他の物より長いし、キャンバスもちょっと大きい。『囚人のジレンマ』と『三人の農夫』については、書いておいてほんとによかった、という感じなんです。この二作には、おそらく今の私には難しい、茶目っ気のようなものがありますから。若い時だからこそ出せる豊かさがあって、見ていて自分でもうれしくなってしまうんです。それから、『ガラテア』で好きなのは、あらゆる要素がまとまるべき段になって、それが満足できるような形でまとまった点ですね。すべての結節点がきちんとつながっている気がする。『ガラテア』で奇妙な点のひとつは、架空の自伝の一部、という形で私が自分自身の人生について語っていることです。このプロットが成り立つには、前作『さまよえる魂作戦』を私が否定することが必要なんです。読者からは、「あなたはあの本に厳しすぎます。もっと手加減しては」という手紙をいただきました。もちろん現実の私は、あの作品のことをそんな風には思っていません。ただあれは執拗で息の抜けない作品なので、読者にとっては入り込みにくいものになっているかもしれません。

――『三人の農夫』に、私が何度も立ち戻ってしまう箇所があって、それは、私自身が強い関心を持っている

問題にも、切り込んでくるからなのです。あなたが、シャルル・ペギーの「世界はこの三十年間でイエスの死からそれまでよりも大きく変わった」という見解について、思いを巡らす所がありますね。あなたは、歴史は加速する、という考え方、それから、「システムの変化の速度がある数値に達した結果、システムが変化する能力自体が変化する『引き金点』」という考え方を提示していますす。私にとっては、これが、あなたの新作『ゲイン』に見られる、歴史的なプレッシャーがどんどん高まってゆく感覚を理解する手がかりになりました。『ゲイン』はあたかもひとつの、幾何学的に進む進歩の軌跡を辿って書かれているように思われます。その軌跡の先にあるのは、まさに「引き金点」であって、最終的にその「引き金点」がおとずれると、それは、倫理的なもの、つまりは死、であることがわかります。あなたは今でも、「引

き金点」というのは現代生活を定義する概念の一つである、という考え方に、同意されますか？　私は、それはほとんど、ポストモダニズムの定義に等しいと思っているのですが。

パワーズ　実をいうと、私はそこに再び戻ってきたわけなんです。おっしゃるように、『ゲイン』は、テクノロジーの進歩は加速する、というヴィジョンに強い影響を受けています。私が今書いている本も、その問題にとりつかれている。『三人の農夫』には、何度思い返しても飽きないポイントが二つあります。一つは、我々が自分自身に語る物語というものは、その時自分が置かれている、物質的な環境に左右される、ということです。ナラティブとは、危機的状況に対する反応として生まれるものです。そして、現代人にとって、危機的状況とはふつう、科学技術によって産み出されます。われわれが経験している「加速」とは、ペギーが考えていたもの以上に根本的な変化をもたらすものです。ホモ・エレクトゥスが登場したのが、いつですか、一五〇万年前？　生きることとは、前の世代が受け入れていた状況を受け入れることであった世代が、想像を絶するような回数、繰り返されてきたのです。

——そうですね。おっしゃるとおりです。

パワーズ　それは、ある種、変化のない状態でした。氷河の満ち引きをのぞけば。やがて、上部旧石器時代が始まります。まあ、それまでには長い歳月がかかっているわけですが、やっといろいろな事が動きはじめます。すると突然、先祖代々当たり前だと思っていたことを、かならずしも当たり前だとは思えない、という考えが浮かぶ。まさにそのようにして生まれたのが、洞窟壁画ですよ！　そして、人間が「そんな昔のことはもう素直に受け入れられない」と感じはじめるまでの時間は一気に短くなり、いまではもう、まるでムーアの法則の奇妙なパロディみたいな具合に、十八カ月にも満たないのです。

——上の兄弟の現実さえも受け入れることはできなく

なりますよね。

パワーズ　芸術のあらゆる分野で、信じられないような爆発が起こり、それも今や、自分の重みでつぶれかけている。毎年膨大な数の本が出版され、誰もが知っている作品について会話ができる、ということもなくなりました。我々は、自分たちの創造能力に追い立てられているのです。けれども、個人的な経験のなかの何かは停滞したままだと思うことは、私にとってはある種の救いです。人間の肉体というものは、幼児期から墓場まで、決められた過程をたどる、と知ることで、人間の経験というもののなかの不変の要素を要約できたことになるでしょう。統計上、寿命をいくらか延ばすことはできたわけですが……やはり死というものは避けがたい。その事実にこそ、何か大切な意味があるのではないでしょうか。

――ありがたいことに、それだけはまだわれわれに残されている、ということでしょうね。あまり嬉しくない慰めではありますが。さきほどあなたは、ナラティヴは常に危機に対する反応である、とおっしゃいました。あなたの作品はみな、何らかの切迫感に衝き動かされているる……われわれの文化、世界は、危機に瀕しているという考えをお持ちですね？　私にはそう感じられるのですが。あなたの文筆活動には、個人的な使命感のようなものがあるのでしょうか？

パワーズ　ある意味で、ナラティヴについて言えることは、テクノロジーにもあてはまる、といえるでしょう。我々は、危機から脱出する方法を創造しようとしているのです。もちろん、すべての創造が、状況自体のあり方を変えます。それでますます、我々の立っている地平は揺さぶられる、というわけです。呆然としますね。加速のペースが変わるとともに、「遠い未来」というものとの距離も、縮みます。我々は、たえまない変化、という状況のもとでものを書いています。それは、今後もずっと、続くのでしょうか？　我々が生きている間は、確実にそうでしょう。しかし、我々がどのあたりの位置に置かれているのか、という問題を考えるなら、ただ単に、一人ひとりの人生が、大きな曲線のどのあたりに置かれているのかを理解するだけでは、不十分です。われわれは、自分の小さな物語が、より大きな物語と、どのように結びついているかも知りたいのです。われわれが安堵感を得るか、絶望を感じるか、これは理屈ではないと思うのですが、今言った二つの弧の交接から何かまとまった物語を作れるかどうか、にかかっているのではないでしょうか。

——ある意味で、『ユリシーズ』のレオポルド・ブルームに戻ってゆくわけですね。

パワーズ　私の小説の性格をしいて定義するならば、それは「ローカルな弧とグローバルな弧の交差について書かれた作品」ですね。変化というものが、今後もずっと今のように人間存在を支配するわけではない、という気が私はしています。我々は、テクノロジーが加速している瞬間に生きているわけですが、それも永遠に続くことはありえません。その先には、一体何があるのでしょう？　ここにもまた、読むことの喜びがあると思いますね。書物というものは、私の軌道を一時停止させ、別の軌道に乗せてくれるのです。私の軌道は、別の軌道から見ると、どんなふうに見えるのか？

——そうですね。たしかにそういう点も、私があなたの作品に引き込まれる一因ですね。私は、あなたが自分の軌道を停止させる瞬間も、別な軌道を選びとる瞬間と同じぐらい、好きなんです。それはどちらも、一つの全体の一部なんですよね。

パワーズ　ですから、自分自身を語ることで、我々にはなんら影響を及ぼさないような遠い未来まで足をのばすことで、われわれがふだんの生活の中で当然と決めてかかっていることが本当に有効なのか、それともただ何か、局所的な異常に基づいたものにすぎないのか、それを判断する役に立つのです。本とはモラトリアムだ、というこういう考え方は、大いに強力なものです。私の作品のほとんどは、ストーリーは読み終わった瞬間に始まるのだ、と読者が気づくようなエンディングをめざして書かれています。見るという行為は、見ている自分を見ることができれば強力になりますから。そのためには、視差を作り出すようなしかけが必要です。私は、悲観的な視点を浮上させるために楽観主義を用い、またその逆もやっています。自分の位置をはっきり見きわめられる可能性が最も高いのは、みずから、自分とは対極にあるような物との対比を行ない、自分とは相補的な関係にある物に対して両眼的な視線を投げかけられるような姿勢ではないでしょうか。

――それを抽象的でない言い方に直すと、どうなりますか？

パワーズ　そうですね。ひとは、最悪の状況を真っ正面から見つめることで、世界を肯定する権利を得る、といったところでしょうか。また、絶望に直面したとき、状況にかかわりあう能力を作り直すために、人は一歩下がって、絶望というものもまた、状況に対処するため自分自身に言って聞かせた物語にすぎない、という事実を思い出すということです。

――それでかなり、わたしにとっては分かりやすくなりました。『ガラテア』には、ヘレンという人工知能プログラムを登場させ、メルヴィルの「バートルビ」から引用させていますね――「できればしたくありません」と。これは素晴らしいパラドックスのように思えました。というのも、それが、意識を持った知性、という人工知能の目標に到達していると同時に、道徳的な条件反射のようなものにもなっている。あなたは、人工知能はこのあと、最終的にどうなってゆくとお考えですか？　また、デジタル・テクノロジーが世の中の姿をどう変えつつあるとお考えですか？

パワーズ　『ガラテア』を書いていて楽しかったことの一つは、機械じかけの知能にも、人間と同じだけの幅広い経験が必要になる、ということが徐々に見えてきたことです。作品の最後にさしかかると、作品自体が、ある種の人工知能になってきます。作品に登場する「ガラテア2・0」は、読者が読んでいた、改訂版の2・2にとってかわられます。読者がこのおはなしを信じるためには「どのようなフィクションも読むことのできる、神経細胞のようなネットワーク」が存在することをひとまず信じる必要がありますが、そういう判断保留を通して読者は、より大きなスケールで自己省察する機会を得ます。つまり、百科事典のように濃密な、自分自身の人生を通じてでなければ、今読んだこの本の意味など、決してわかるはずもなかった、ということがわかるようになるのです。自分の知性を独立した機械に移植したい、という欲望とは（ある意味で、テクノロジーの歴史すべてがそういう欲望に浸されてきたと思いますが）、結局のところ、われわれがいかに自分自身の物語と葛藤状態にあるかを明らかにするファンタジーといえます。

――そして、死を恐れる気持ちも明らかにする？

パワーズ　われわれは、魂というものが、死にかけた動物にくくりつけられたものだという気がしています。自分自身を抽出して砒化ガリウムの回路基板に入れられれば今よりずっとよくなると感じている。『ガラテア』が伝えようとしているのは、魂を魂たらしめているのは、ほかならぬ死にかけた動物なのだということです。読者が手紙をくれて、ヘレンのチューリング・テストの判定者が、人間を勝者と判定したのはまちがっている、などと言ってくれると、嬉しくなります。「一体、どうやってこんなものを理解しろっていうの？」と言うのは、ヘレンのほうです。このほうが、究極的には、より人間らしい反応といえます。われわれ人間は、圧倒されてしまった、と感じることを好みません。感情的な反応の渦によって、知性の働きが鈍ってしまうなどとは思いたくないのです。この作品の主張は、知性というものは、渦巻く感情があるからこそ、知性たりうるのだ、ということなんです。夜空の星が光って見えるのも、それをとりまく闇があるからこそ。人工知能の時代にわれわれが学んだのは、知能というものが、われわれが考えていたよりも、はるかに大きいものだった、ということです。

——二進法の魔人を、ビンの中に戻すことができる、と言われたら、あなたは、やるでしょうか?

パワーズ　いいえ。やらないと思います。「パンドラの箱」は、箱から最後に出てきた、希望というものについての物語です。われわれは今、人間と対話ができるような物をできれば作りたいと思っているわけですが、好むと好まざるとにかかわらず、対話はすでに始まっています。二分法の魔人をビンに戻したい、というのは、切実なる欲求かもしれませんし、実際私自身もそれを感じています。けれども、その欲求を分析するほうが、欲求に基づいて行動するよりも、多くのことが学べると思います。

——うまい言い方ですね。

パワーズ　上部旧石器時代の人々に、洞窟の壁に絵を描くのをやめろと言ってもはじまりません。そうなったら、今われわれの手にあるのは、一五〇〇万年前にあったものということになるでしょう……なんとか生きてゆけるだけの、なんとか自滅せずにすむだけの条件。我々には、どれが道徳にかなう行為なのか、いつも判断できる能力があるわけではありません。ましてや、自分たちの行動がどのような物質的結果を招くか、など、なおさらわかりません。けれどもわれわれは、現時点で、その結果を生きられる程度には成熟している。われわれは、自分たちにできることは、すべてやらなければならない、という考え方を変えなければいけません。言い換えるなら、テクノロジーの進歩にともなって、それに見合うだけの倫理観も発達させなければならない、ということです。

——とすれば、そのような決断をするためには、われわれも、ある程度大人にならざるをえない、ということになりますね。われわれが、それらの決断にうまく対応できるほどすでに大人になっている、というのではなく、それらの決断に対処するためには大人にならねばならない。

パワーズ　テクノロジーの発展が産み出す絶望の多くは、まさにそこから来ていると思います。つまり、機械に夢は託してみたが、その夢の辿る末路は、もう変えようがないのではないか、という危惧です。たしかに、われわれが何か新しいものを作れるようになるのは、テクノロジーのおかげという部分もあります。しかし、それを「ぜひとも作ってみたい」と望んだわれわれの気持ちも、実現に一役買っているのです。

――それは、真の芸術表現、芸術的なヴィジョンの伝統を途絶えさせてはならない、という立場を擁護する意見として、私が思いつく限り最高の意見だと思います。正しい願いを抱くために、想像力というものを維持するためには、そういう伝統が必要です。

パワーズ　文章を書くということは、いかなるデジタル的産物にも増して、はるかに危険で、世界の根本を揺るがす、破壊的なテクノロジーだということを忘れてはいけません。それがわれわれの生き方に与えた影響の大きさは、そこから派生したテクノロジーによって凌駕されることは決してないでしょう。洞窟に火を持ち込んだこと、石器のナイフをつくったこと。こういうこともむろん大異変です。私はいかなる進歩のシナリオを擁護するつもりもありません。われわれが作り出す物には、すでに過去の物語が一杯詰まっているのであって、ゼロから生まれる物などありません。それでも我々はそこに、更に書き込んでゆく。前に向かって書き進めてゆくのです。

――『囚人のジレンマ』と『ガラテア』には、前者では端役といったところですが、後者ではもっとずっと大きな扱いで、リチャード・パワーズなる登場人物が出てきます。読者の頭の中で、作家リチャード・パワーズと、登場人物リチャード・パワーズとを結びつけることが、これらの作品にどのような効果を加えていると思いますか？

パワーズ　その二作をくらべると、「話を自分自身に折り返す」という共通するモチーフの扱い方が、やや異なります。しかし、最終的には、バフチンの「記述する行為それ自体が、すべて記述表現である」という考え方に戻ってゆきます。私は、自分の作品が、読者の生活の軌道を一時停止させ、別な軌道に乗せるようにしたい、と思っています……読者がそこから、その本を読む前に自分が乗せられていたナラティヴをかいま見ることができるような軌道に。

――それは面白いですね。あなたは小説に人工知能を与えようというのですね。

パワーズ　まさにそうです。本がなしえる、最も深遠なこととは、読むという行為に読者自身が引き連れてくるストーリーを明らかにすることです。これをさきほどの、テクノロジーの不断の変化が、われわれの倫理観にどういう意味を与えるか、という問題につなげると、我々は、この場所を作っているのは自分たちなのだ、ということを理解する必要があります。作品が作り物である、ということを明らかにすること、つまり、その中を生きることもできるし、ひとつの現実として受けとめることもできるものであることを明らかにし、みずからが作り物であることに注意を向けさせるものであることを明らかにすることで、作家は読者に、自分の人生を振り返ってみれば、それもまた、外から授かったものであり、かつ自分が捏造したものでもあることを意識してもらうことができるのです。こうした二重の意識を持ち続けられれば、我々は、自分たちの人生を書き続ける能力を維持することができるでしょう。

――あなたが説明したような形で、それがうまくいくためには、読者にも、ある程度信頼を持ってもらわなければいけませんね……その、そうですね、登場人物リチャード・パワーズと呼ぶことにしましょうか、彼が、捏造されたキャラクターではないという設定で描かれているということに。彼が、キュビスム風の貼り込み画像、取り込み画像のようなもの、という位置づけにあるということに。

パワーズ　彼は、両方の世界に片足ずつ入れることで、機能しています。彼は肉体を備えたリアルな存在でなくてはなりません。しかし同時に、読者は彼を登場人物として見なければなりません。ここでもやはり、フィクションというものが、人生のある一日についての物語であり、同時に、作者がその一日とつなぎ合わせている、ある俯瞰的な景観についての物語でもある、という発見に立ち戻るのです。

――では、最後に、歴史に関する質問をします。これは実は、私が自分の抱えている陰鬱な考えを、問い直しているだけかもしれません。ある考えが浮かびまして、それがここ一年ほど、とくに生々しくなってきているのですが、つまり我々は、どのように歴史を見るのか、歴史をどう理解するのか、という面において、実はきわめてまれな、ほとんど歴史的といってもいいほどの、危機的状況に置かれているのではないか。それをもっとも差し迫った問題として感じるのは、自分が教師、あるいは父親という立場にあるときです。非常に心配になるのは、われわれはある特定の時期、それをどこに決めるのかもわからないのですが、一九八〇年あるいは、八五年かもしれません、それよりも前に起こった出来事のすべてを、単なる昔話、何か奇妙で滑稽なもの、とみなすようになっているのではないでしょうか。それは、スタイルの変化という問題、それから、さきほど話題に出た、加速という問題などと深く関わっていると思うのです。要するにわれわれは、歴史というものを失いかけているのではないでしょうか。この、歴史と呼ばれる堆積物に対して、われわれはどのような位置にあるのか、あなたはどうお考えですか?

パワーズ　残り時間はどれほどですか?

――ええ、テープはまだ少し残っています。

パワーズ　上部旧石器時代の洞窟は、どうやらスタイル的に言って、二万年間変化していません。それは、われわれにとってはほとんど想像を絶する長さですが、もちろんそれ以前の百万年と比べれば、ほんの瞬き程度です。ただ、ひとたびすべてを永久保存するという発想が入ってくると、どうしても新しさを求めてしまいます。私は、新しいもの、という物に対して、複雑な感情を持っています。というのも、それはある意味では、成長という目標にかなっていますが、別の意味では、論理的に突き詰めれば、成長を無化することにもなるからです。あなたの感じておられる危機感は本物だと私も思います。ポストモダンの爆発は、理論家たちの妄想ではありません。われわれが考えていたような形の「発展」というものは、それ自身の増殖が原因で、崩壊しました。すべての記録を永久保存する、などというのは、栓をした風呂桶の上から、水を出しっぱなしにしているようなものです。いずれはあふれてしまう。人間の寿命の長さ自体は、幼児死亡率を差し引いて考えれば、それほど変わっていません。けれども、自分が歴史の中でどのあたりの位置にいるのかを個人が知るために、学ばなければならないことの量は増え、いわば天井を突き抜けてもなお、増え続けています。ですから、「永遠」という概念は、「恒常的な一過性」という概念にとってかわられます。しかしながら、われわれが記録の量によって圧倒されるからといって、そこに人間のなすべき事業があることには、変わりありません。今のわれわれは、集団としてでなければ、そうした記録の全体を認識することができないのかもしれません。しかし、個人でも、時おりかいま見ることならば、いまでも可能です。それを大まかに描くこともできるし、また……　こうやって、ポストモダンの爆発の原因を突き止めようとする、という試みもまた、ひとつの歴史的な事業です。集合的な事象という視座から、始まりがどのようなものであり、真ん中がどのようなものであるかはある程度見当がつく。崩壊してしまったのは、おそらく、このカーブが、このあとどこへ向かって伸びて行くのか、についての共通認識ではないでしょうか。

――その通り。テープを眺めつつ、私は今の話にぴったりの言葉を思い浮かべる……彼の話は、ほんとうに終わるんだろうか？

坪内祐二

その農夫たちの「まなざし」が気になって

アウグスト・ザンダーのあまりにも有名な写真「舞踏会へ向かう三人の農夫」を私が初めて見たのは、いつのことだっただろう。私はその写真を、素《す》の状態で眺め、心引かれるものを感じていた。私はその頃すでに、晶文社のヴァルター・ベンヤミン著作集第二巻『複製技術時代の芸術』に収められていた「写真小史」に目を通していた。すでに、と言うより、ザンダーの「舞踏会へ向かう三人の農夫」を目にする何年も前に。だから、この評論の中の、こういう一節にも目を通していたはずだ。

> ザンダーの労作のような仕事には、一夜にして、思いもかけなかったアクチュアリティーが出てくる可能性があるのだ。権力が移動するときには、ひとの顔を見る眼をもつこと、その眼をするどくすることが、死活の必要となるのが普通だが、われわれの国では、もう権力が移動してあたりまえのときが来ているのだから。右から来ようが左から来ようが、どこから来たかに眼をつけられることを、ひとは覚悟しなくてはなるまいし、またじぶんのほうも、同じことを他人から見てとらなくてはなるまい。ザンダーの著作は、たんなる写真集以上のもの、いわば演習用の地形図なのである。
> （田窪清秀・野村修訳）

この一節のことを忘れていたものの（いや、より正確に述べれば「写真小史」の中にこういう一節があったことを読み過していたわけだが）、私は、ザンダー

47 POWERS BOOK

の「舞踏会へ向かう三人の農夫」を初めて目にした時、強くひきつけられた。中でも印象に残ったのは、その三人の農夫たちの視線だ。彼らは何を見ているのだろうか。

　肖像写真の被写体は、普通、カメラの方に眼を向ける。カメラを見つめている視線で肖像写真の人となる。つまりカメラの視線と被写体の視線は見つめあっている。さらに言えば、カメラの視線とは、他ならぬその肖像写真を見つめている「私」や「あなた」の視線とも重なり合っているのだから、肖像写真を見る「私」や「あなた」の視線は、「私」や「あなた」に見つめられている肖像写真の視線との間で自己完結している。そこに第三のまなざしの入り込む余地はない。普通は。

　ところがザンダーの肖像写真は、特に「舞踏会へ向かう三人の農夫」は、普通ではないのだ。その農夫たちの視線が。

　確かに彼らは、一見、カメラの方を見つめている。しかしそれは、あくまで、一見に過ぎない。さらに良く、この写真を眺めれば、三人の農夫たちが、その先、カメラの向こうのものを見つめていることに気づく。カメラの向こうと言っても、それはもちろん、カメラの向こうでシャッターを切ろうとするザンダーその人のことではない。ザンダーの視線——つまり写真を眺めている「私」や「あなた」の視線——の、さらにその先にある何かを、農夫たちは見つめている。その何かを、例えば、

「神」や「歴史」、「未来」といった抽象的な言葉で置き換えてしまったら、陳腐になる。もっと具体的で生なましい何か。

ベンヤミンのザンダー論を改めて（初めて）味読したのは、ちくま学芸文庫でオリジナルに編集したベンヤミンの『図説 写真小史』（久保哲司編訳・一九九八年）によってだった。そして私は、ベンヤミンが、先の一節の数頁あとに、こういう言葉を口にしていることを知った。

> 芸術としての写真から、写真としての芸術へと視点を変えれば、アクセントの位置は完全に逆転する。おそらく誰でも気づいたことがあるだろうが、絵とか、とりわけ彫刻とか、いわんや建築は、実際に見るよりも写真で見たほうが理解しやすい。これをすぐさま芸術感覚の衰退のせいに、現代人の無能力のせいにしたくなるのはやむをえないが、しかしそれとは相容れない事実が認められる。すなわち複製技術の発達とほぼ時を同じくして、偉大な作品についての考え方が大きく変わってきたのである。偉大な作品は、もはや個人が生み出すものとは見なされない。それは集団によって作られるものになった。

49 POWERS BOOK

『図説 写真小史』には『ベルリン・アレクサンダー広場』などで知られるドイツの作家アルフレート・デーブリーンがザンダーの写真集『時代の顔』（一九三

○年）の序文として寄せたテキスト「顔、映像、それらの真実について」も収録されている。なぜかと言えば、その一文が、ベンヤミンの「写真小史」の中のザンダー論で、特別な位置を占めていたからである。

ザンダーはこの巨大な課題に、学者として取り組んだわけではなく、人種学者や社会学者の助言を得たわけでもなかった。出版者の言葉にあるように、「じかに観察することから」作業を始めた。この観察が先入観にとらわれることの少ない、それどころか大胆な、しかしまた同時に繊細なものであったことは確かである。この場合の繊細というのは、「自分を対象にきわめて親密に同化させ、このことを通じて本来の理論となりうるような、繊細な経験というものが存在する」というゲーテの言葉の意味においてである。したがってデーブリーンのようなすぐれた観察者の目を引いたのが、まさしくこの作品のなかにある学問的な要素であったのは、しごく道理にかなっている。デーブリーンは述べている。「比較解剖学というものがあって、これによってはじめて諸器官の性質と成り立ちが理解されるのであるが、この写真家が行なったことは比較写真術であって、それによって彼は、細部を写しとる写真家たちよりも高い視点、学問的な視点を獲得した」。

「顔、映像、それらの真実について」でデーブリーンは、まず、顔の二つの「平板化」について語る。死による「平板化」と社会による「平板化」について。

ここで彼が述べる「平板化」というのは、顔がその固有性を失ってしまうことを意味する。死による「平板化」というのは簡単にそのイメージがつかみやすい。実際、デーブリーンも、社会による「平板化」を説明するための、その導入として、死による「平板化」の例を語る。つまり、論述の中心は、社会による「平板化」の方にある。そして、その説明を詳しく行なったあとで（興味ある人は直接そのテキストに当ってもらいたい）、そういう「社会による平板化」を打ち破る存在として『時代の顔』の写真家アウグスト・ザンダーの名前をあげる。

ベンヤミンが引いていた一節の前に、デーブリーンは、こう語っていた。

> ここにあるのは一種の文化史である。あるいは社会学と言ったほうがよい。最近三十年間についての社会学である。いかにして社会学を、ただし文章によってではなく、映像を提出することによって書くか（しかも見せるのは顔の映像であって、たとえば服装の映像ではないのだ）。この難事をやってのけるのは、この写真家のまなざしであり、彼の精神、彼の観察、彼の知識、なかんずく彼のとほうもない写真的能力だ。

ここで注目してもらいたいのは、「しかも見せるの

51 POWERS BOOK

は顔の映像であって、たとえば服装の映像ではない」という一文だ。デーブリーンがザンダーの『時代の顔』に感動しているのは、「社会による平板化」にもかかわらず被写体たちの「顔」にある生なましさが甦っていること、すなわち、「とほうもない写真的能力」を持ったザンダーの「まなざし」についてだ。ザンダーの写真を――例えば「舞踏会へ向かう三人の農夫」を――見る私たちは、その瞬間、ザンダーの「まなざし」を追体験する。もちろん、この場合の「ザンダーの『まなざし』」とは、最初に私が述べたように、生身のアウグスト・ザンダーその人の眼という意味ではなく、アウグスト・ザンダーのカメラ・アイのことだ。その「カメラ・アイ」すなわち「まなざし」によって、ベンヤミンの言う複製芸術ならではのアウラが生まれる。

ところで、ザンダーの「舞踏会へ向かう三人の農夫」を初めて目にした時を仮にA、そしてベンヤミンの「写真小史」を味読した時をBとする。AからBへと時間が移って行った、その間の、ある時、私は、ある人のザンダー論を読んだ。「スーツと写真」と題されたそのザンダー論は、まず、ベンヤミンの「写真小史」の中の言葉を引いてから（先に私が引いたものの内、三番目の引用。きっかりあそこを）、論を展開して行く。

ある人というのは、優れた美術批評家（『我らの時代の画家』他）にして、作家（『G.』他）にして、シナリオライター（アラン・タネールの映画『白い町で』他）でもあるイギリスのジョン・バージャーだ。「スーツと写真」を私は、一九九一年に出たヴィンテージ版のペイパーバック『見ることについて《アバウト・ルッキング》』で読んだ。

ベンヤミンを導き手に選びながら、バージャーは、ザンダーの「舞踏会へ向かう三人の農夫」について、ベンヤミンともデーブリーンとも別の部分に関心を向ける（傍点は引用者）。

> ベンヤミンの精神を辿りながら、三人の若い農夫が踊りに出向こうと夕暮れ時に道でたたずんでいるザンダーの有名な作品を考察してみたい。この写真には、言ってみれば、ゾラのような叙述の天才が紙に記したほどの、多くの情報が描き出されている。しかしここではあえて、ただ一つの事柄について考えてみたい。すなわち、彼らの着ているスーツである。（笠原美智子訳）

この写真の中でバージャーが問題にしているのは、まさに、農夫たちの「顔」ではなく、彼らの「服装」なのである。

> 時は一九一四年。ヨーロッパの田舎でこのようなスーツが出回り始めてせいぜい二世代目に、この三人の若者は属しているのだろう。二十年か三十年前には、このような服は農夫が買えるような値段ではなかった。現代の若者にとって正式なダ

53 POWERS BOOK

ーク・スーツを着ることなど、少なくとも西ヨーロッパでは稀になっている。しかし、農夫が――労働者階級の多くが――日曜や祭日に三つ揃いのダーク・スーツを着ていたのはそれほど昔のことではない。

三人の若い農夫たちにスーツはまったく似合っていないとバージャーは言う。なぜなら、「彼らの手は大きすぎ、身体は痩せすぎで、足は短すぎる」から。唯一つ似合っているのは「帽子だけ」だ。

その農夫たちの「まなざし」が気になって　54

　こうしたことから何が導き出されるだろう。農夫は上質のスーツが買えず、その着方も知らない、といった単純な結論だろうか。否、ここで問題になるのは、僅かではあるが、グラムシが呼ぶところのクラス・ヘゲモニー（階級の支配権）の、多分考えられる限り最も描写的な例の一つである図式である。ここに示される矛盾をより綿密に考えてみよう。

そしてバージャーは、その「綿密」な考察を進めて行く。

なぜ農夫たちにスーツが似合わないのか。それは、彼らの有している「肉体的リズム」にそぐわないからだとバージャーは言う。農夫たちは、普段の肉体労働の中で、彼らに固有の体を作り上げ、リズムをきざむ。「そのリズムは、日常の重労働をこなしていくために必要なエネルギーと直接に関係し、肉体の動きや姿勢に表れる。それは圧倒的なリズムである」。そういうリズムを持った彼らの所作――作業風景はもちろん、歩く様や馬に乗る様も含めて――には独特の「肉体的威厳」がある。「それは作業中も完全なくつろぎを得るような、ある種の機能主義に基づいた生活に根ざした威厳である」。

しかしスーツはそんな彼らの「肉体的威厳」を奪う。なぜなら、「十九世紀後半のヨーロッパで、職業的支配階級の衣服として発達した」スーツは、「制服と呼んでもおかしくないほど、それは純粋に坐業的な権威を理想とする支配階級の最初の衣服」であり、「会議のテーブルにつき、管理する人たちの権威」であり、「抽象的な議論や思考の身のこなしのために」考案されたのだから。

スーツを着始めたのは、すべてに抑制をきかせた典型的な英国紳士である。しわくちゃにしたり、折り目を台なしにしたり、傷めたりするような、乱暴な行動を禁ずる衣服である。「馬はびっしょり汗をかき、男はうっすらと汗をにじませ、女は頬を赤らめる」二十世紀へと時代が移り、第一次大戦後、スーツは都市や地方の市場へと大量生産されることになった。

55 POWERS BOOK

その時、一つの文化衝突が起きる。ただし、ここが肝心なのだが、農夫たちがその衝突をマイナスとして受け取らなかったことだ。むしろ彼らは、スーツを着ることに対してほこらしげな気持ちを抱いた。それがザンダーの写真からも読みとれるとバージャーは言う。

けれども農夫たちは別に、スーツを強制されて買わされたわけではない。踊りに行こうとして道端に立つ三人は、明らかに誇らしげにスーツを着ている。見せびらかしたいような態度すら窺える。スーツがなぜ権威ある衣服となり得るか、彼らは如実に語っている。そしてまた、スーツがいかにクラス・ヘゲモニーの好例であるかをも示している。

その農夫たちの「まなざし」が気になって　56

バージャーのザンダー論、というよりザンダーの写真への記号論的読み方に、私は、それなりに感心した。つまりその「演習用の地形図」（ベンヤミン）の読み取り方に。

しかし不満も残った。

三人の農夫たちの顔を、視線を、彼らが写真機のレンズの向こうに見ていた何かを、まったく問題にしていないことに。すなわちバージャーは、「社会による平板化」を記録した写真家としてザンダーをとらえているのではないかと。

こういう私の、この写真を見ることへの渇きを癒してくれたのが、リチャード・パワーズの長編小説『舞踏会へ向かう三人の農夫』だ。この小説のことを私が初めて知ったのは『文学アメリカ資本主義』（南雲堂、一九九三年）という論集に収められていた柴田元幸の評論「贋金と写真」によってだった。「『舞踊会へ向かう三人の農夫』論」という副題を持つその評論で、この小説の、こういう導入部を目にした時は、少し興奮した（柴田氏の訳文は、その評論の初出時のものによる）。

> その写真のキャプションはある記憶を呼び起こした——舞踏会へ向かう三人の農夫、一九一四年。年号を見ただけで、予期した通りの舞踏会へ農夫たちが行きそうもないことは明らかだった。私も予期した通りの舞踏会には行きそうもなかった。我々はみな目隠しをされ、この拷問にかけられた世紀のどこかの原っぱに連れていかれて、へとへとになるまで踊らされるだろう。ぶっ倒れるまで踊るのだ。

だから雑誌『みすず』一九九七年五月号から、他ならぬその柴田元幸さんによる翻訳の連載が始まった時は、喜んだ。

喜んでいながら、しかし、月に一度という連載ペースだから、熱心に読んだのは最初の二、三回だけで、いつの間にか積ん読状態になっていた（だから、この長編小説が三つの物語によって構成され、その三つの物語が微妙に交差して行くことを、忘れていた。柴田さんの評論を読んでその構成を知っていたはずなのに)。もっとも、時どき気になって目を通してみたことはある。例えば私は連載の十七回目である一九九八年十一月号、「第十九章　安価で手軽な写真」の、こういう一節に赤線を引いている。

彼らはおのれのまなざしを遠く、写真家のはるか向こうに向け、彼方に存する、より重要な問題にそのまなざしの焦点を定めている。彼らのまなざしに合わせて、我々が写真家の肩ごしに身を据えるとき、自分こそそのまなざしの対象ではないかという不気味な気持ちに我々は襲われる。カメラの前に立った人々が、何かを我々に、後世のすべての人々に伝えようとしているのではないか、そんな気がしてくるのだ。

そして今回、私は、柴田さんの完成訳稿のゲラを通読して、三人の農夫たちの「まなざし」の向こうにある何かを知った。二十世紀という時代の「舞踏会」を踊った（踊る）、彼ら（私たち）の経験したその何かを。

かれらとともにぬかるみを歩いて

佐伯 誠

時間はまるで放たれた矢のようにまっしぐらに、振り向いてはならぬと身を硬くするオルフェさながらに飛ぶものだと半ばあきらめたように思っていた。衰えること老いることをまぬがれるのは天使にもかなわぬこと、生きることそのものが死ぬことなのだ。それが驚いたことに、広い宇宙には時間が逆さまに流れるようなゾーンがあることをつきとめた物理学者がいるのだという。時間の不可逆性というものがあっさり覆されたわけだが、これが物語となると時の流れにやすやすと棹さして過去へも未来へも自在なことは子供でも知っている。昔々……、とまじないをかけられるとスッと物語の時間へと攫われてしまって、終わりになると、それからしあわせにくらしましたとさ、で宙づりにされる。それは立っている場所がはっきりしないで大地そのものが揺れているような、めまいのする就眠儀式だった。だからリチャード・パワーズの小説を読んでいるときにおぼえるのは、ぼんやりと霧がかかった風景のなかを歩いている、その風景はいつか見たことがあるものだという懐かしさであり、心地よさと不快とのあいだを振り子のように揺れる「めまい」だった。そのくせ、どうやら道はぬかるんでいて足元がなんだかおぼつかないものだから疲れが澱のようにたまってくる。アウグスト・ザンダーの写真のなかでもとりわけ印象的な一枚を選んで、もともとは「若い農夫」というそっけない、まるで標本につける呼称といったものだったのを舞踏会という花やかな冠をかぶせることで、この巨大なシリンダーのごとくに構築された小説にみずみずしくきらめく漿液がしみわたることになる。なにをいうにも平明であることを恐れているかのように凝った、持って廻った、皮肉っぽい文体なものだから、この小説を読んでいる途中には陶酔はやってこないで居心地の悪さばかりつのるのだが、じっとしてはいられない心騒ぎに先へとせかされてしまう。それは、最終章の最後になって夕ネあかしのように投げ出されたヒロイックな述懐をいやでも共有するからだろうか。**あの何より捉えがたい、あまねく執拗に在りつづける、つねに外からの助けを必要としている、〈仲間《ジ・アザー・フェロー》〉がいるのだった。**

ザンダーの写真はその被写体のいずれもが硬直したポーズをとっているせいもあって、その質感はずっしりとしていて金属的ですらある。まさにナチス以前のドイツ民族についての神話学者としてザンダーを位置づけることができるが、その写真をみつめるときにおぼえるのは郷愁といった余裕ある感情ではなくて鉛のような疲れと悲哀だ。ドイツ民族についての百科全書的な肖像写真の膨大なカタログをつくろうというザンダーの欲望は、どこかしら野蛮で慎みのないものと思えるからだ。それに感情をすっかり消し去って、骨格と筋肉と体型と面貌と衣装とで分類されることについては反撥をおぼえないではいられないだろう。クレッチマーの体型による気質のおおざっぱな分類を知ったときの、思春期のいわれない不快にちかい感情とでもいえばいいだろうか。けれども、それらの写真がナチスの検閲をうけただけでなく、破棄され、焚かれたとなると、一も二もなくこれを擁護しなければと昂ることになる。美の基準からの逸脱だの破格だのをヒステリックなまでに許そうとしないナチスは、現代人の甘やかされたノンシャランな気分を逆撫でするにきまっている。細部をないがしろにするブルドーザが可憐な花を踏みつけていくことをもって歴史とするなら、その歴史からなんとか個の存在を掬いとらなければならない。こうして、パワーズを先導者にして〈仲間〉を救出するためにぬかるみを歩いて二十世紀そのものを遡ることになる。きわめて教育的で啓蒙的なジャングル・クルーズに手ぶらで参加しているような、どうしても先手をとれない、寄る辺ない気分だが。

　第一章の「セント・アイヴズへの旅支度」でいきなり自動車の街デトロイトに降り立った主人公がたちまちにしてこの小説の主題を浮かび上がらせる手がかりと遭遇するまでの、歯切れのよい、それでいて滑らかな説話はどうだろう。まずグランド・トランク駅の丸天井を見上げる主人公はあたかも精妙なカメラそのもののように建造物の細部を描写していくのだが、そこにあるのは三〇、四〇、五〇年代のハリウッド映画の語り口の自在と安定性だ。ルネッサンス・センターでは回転するレストランで食事をとりながらアインシュタインの相対性理論を想起し、デトロイト美術館ではリベラの巨大な壁画を眺めることになる。自動車……、T型フォード……、大量生産……、労働者……、資本家……、それまでは関心を持つことのなかったデトロイトに拿捕されたように降り立って、そうなることがあらかじめ仕組まれていたかのごとくに事件の核心へと歩み寄っていく。

63 POWERS BOOK

曲がり角をまがろうとして台紙にマウントされた一枚の写真にばったり出くわすという強引さがそれほど気にならないのは、物語の太い軸を回転させていくパワーズの叙述がわくわくするほど魅惑的だからだ。目で追っていながらどこからかナレーションが聞こえてくるような錯覚をおぼえるのだが、その声の主は他の誰でもないオーソン・ウエルズだ。チェロのもっとも低い音域に匹敵する、あの太い樹の幹が唸りをあげるようなオーソン・ウエルズの声……、なんとか辻褄を合わせなければという小心さからは遠い、ふてぶてしい詐欺師の声だ。あるいは、物語をつかさどる王の威風堂々とした託宣とでもいえばいいのだろうか。重層的なエピソードと奔放な映像とをたばねながらの説話の力強さということでは映画『市民ケーン』を思い出させずにはいないということも、オーソン・ウエルズでなければということの理由だ。どうしてそんなところに写真があるのかという疑問がつまらないことに思えて、主人公がそうしたように写真のなかの三人の農夫とまじまじとみつめあうことになるのも仕方ないことだろう。どさくさまぎれに写真に付されたキャプションが「舞踏会へ向かう三人の農夫」だとすることにも拘泥しないでおこうと思うのは、話者である主人公がきわめて重要なことをひと息でたたみかけるからだ。**舞踏会へ向かう三人の農夫、一九一四年。年を見るだけで、三人が舞踏会に予定通り向かってはいないことは明らかだった。私もまた、舞踏会に予定通り向かってはいなかった。我々はみな、目隠しをされ、この歪みきった世紀のどこかにある戦場に**

連れていかれて、うんざりするまで踊らされるのだ。ぶっ倒れるまで、踊らされるのだ。

第一章では、私立探偵に扮したハンフリー・ボガートの風貌を思い浮かべもするくらいに主人公は颯爽としているし、なによりも足をつかってセカセカと動きまわることに好感を持つのだが、第二章ではその輪郭はぼんやりとして顔のない声だけが響くことになり、第三章になると又、ナレーションに「私」の署名をみつけることになるだろう。滑らかによどみなく、というよりはゴツゴツとした質感で、いくつもの部位を強引に繋ぎながらパワーズは巨大で複雑に捩じれた建造物をつくりあげることを意識している。あらゆる撮影技法（クローズアップ、俯瞰、移動など）が採用され、さまざまな説話のスタイル（一人称、三人称、回想、引用など）が組み合わされることになるだろう。あるところでは上質なセンチメンタリズムを滲ませた警句がつぶやかれ、あるところでは学識に裏打ちされたユニークな芸術論だの歴史観がさりげなく語られる。世知に長けているかと思えば、アカデミックそのものでもあり、才気に倦んでいるかのようなデイレッタントぶりも窺われるといった具合で、話者の特性というものは単一ではない。冒頭では独りだったのが、いつしか二人、三人となってついには忘却されかけている瞬間を茫漠とした歴史から救い出そうとする義勇軍として時間を遡るのだ。そのとき、読者もただ手をこまねいて傍観していることはできなくて、このヒロイックな行軍に加わるだろう。なぜならば、こちらをみつめるようでもあり視線が泳いでいるようでもある三人の農夫の無表情には放っておけない痛ましさがあるからだ。かれらが風化し、忘れ去られる存在であるならば、われわれとてその運命から逃れることはできないだろう。ヒューマニズムがそうさせるのではなく、おのれの種を襲った不幸の起源をつきとめようとする、やむにやまれぬ衝動がわれわれを駆り立てるのだ。

ヘンリー・フォードとザンダーとのあいだにどんな類似があるのか、どちらも正規の教育としては小学校卒までだったとは、いささか強弁だが、「だが写真とはつねに、芸術におけるT型フォードであった」との小気味よいフレーズにはあらがえない。なんの類縁もないと思える二人を比較しながら並列させながら、そこに時代精神の表象をみようとするパワーズは、かれらが立っている二十世紀の地平を遠望させようとする。一枚の写真を手がかりにして壮大なヴィジョンをひろげてみせる魔法的な手つきは、ジュラ紀の琥珀にとじこめられた蚊が吸っていた恐竜の血からDNA鎖を抽出して恐竜のクローンをつくりだすというマイケル・クライトンの『ジュラシック・パーク』に似ているかもしれない。けれども、その才気をみせびらかすようなところはパワーズにはなくて、むしろ二十世紀の人間の包括的な顔のカタログをつくろうとしたザンダーの愚直さに親しみをおぼえているかのようだ。ひとりの人間の運命を、ひとりの作者が語る――そうした小説はすでに旧弊なものであることを知っているパワーズは、ザンダーが頓挫した壮大な試みをひそかに受け継いでもいいと考えているようだ。

いくつもの中心があって、それが宇宙における星雲のように渦巻いている——砂粒のように微小なものが個であって、全体と有機的にかかわっている——それを混沌としたままで掬いあげることが、小説家パワーズの野心になるだろう。そのとき、読者は従来の小説を読むのとはまったく異なった姿勢でなければならないことはいうまでもない。**大切なのは、感光乳剤の上に浮かんだ歴史の一断片ではない。我々がそれを現像することなのだ。**

それぞれの章には小気味よい引用句がエピグラムとしてすえられていて、それを膨大な文献から選んでくるパワーズは小説を書くことを開豁なコラボレーションとしてとらえているからだろう、軽やかに指揮棒を振ってオーケストラをひきいるかのようだ。そのエピグラムのなかでもとりわけて印象的なのは、アルメニア系アメリカ人たちの家族写真についてのならわしについてのもので、かれらはアルメニアで撮った写真の一部をアメリカで撮った家族写真に貼り込んで欠けた者がないようにするのだという。それが大虐殺の犠牲となった家族の生々しい記憶であることはいうまでもないが、ジョナス・メカスの望郷のフィルム『リトアニアへの旅の追憶』にあった——世界よ、こんなにお前を愛しているのに、どうしてあんなに惨くあつかったのだ——という哀切なつぶやきと二つの魂がよりそうように響き合うだろう。しかし、メカスのような心の傷を負っていないパワーズは、記憶というものを「未来において何かを変えよとというメモだ」として肯定的にとらえようとするのだ。まるでヒトのミトコンドリアDNAの塩基配列についての言及であるかのようだが、そのシニシズムを滲ませることのない清爽さは、まさに二一世紀における新しい歴史観の萌芽ではあるまいかとも思える。心の傷をいやすのは忘却の力によるところが大きいが、だからといって悲惨さから目をそむけてはいけない……、むしろ過去へと赴いて通過することが大切だ……、パワーズは小説家でありながら悪の魅惑に耽溺せずに、時代精神のセラピストであるかのように振る舞うのだ。**DNAと同じく、生存のコードを向上させようとするなら、写真はそのコードのなかに、トラウマ一つひとつの記憶を残していかねばならない。記憶自体が抗体なのであり、毒をもってヘビ咬傷を治すのだ。**

　ザンダーの『二十世紀の人間たち』の主題は我々である、と途中で教えられてもそのことでは驚きはしないし、舞踏会とは第一次大戦のことだと耳打ちされても、そんなことはどうでもよいのだ、この小説の魅力はそんな単純な寓意にあるのではないと反撥したくなったりもする。いたるところでパワーズが性急にそれまで隠していたメッセージ（それ自体は拍子抜けするくらいに平明なものだ）をせっかちに顕現するのには、ちょっと辟易しないでもない。ザンダーの写真が圧倒的な強度で迫ってくるのは、そこで被写体になっている人間が撮られることに馴れていなくて動物のように身を固くしているからだろう。パワーズは卓抜な写真論を展開していて、ザンダーは被写体が英雄めかしたポーズを撮ることを禁じたのだというが、そこにある関係はそんなに悠長なものではあるまい。ただ見ることと、ただ見られること――それが野性のままでいきなり遭遇してしまったことが事件なのだ。パワーズにこれだけの力業をさせた一枚の写真だが、それはアインシュタインの相対性理論に導かれるようにして登場してきた「静止宇宙論」のミニマルな具現のように思える。宇宙には始まりも終わりもなく、現在の姿で過去も未来もずっと在りつづけた……。こちらを見ているだけでなく、どこかへ行こうとしていることで『二十世紀の人間たち』の他の肖像写真とはきわだって違っている三人の農夫の写真だが、パワーズの小説によっていっそう謎を深めたように思える。膨大な資料をかかえこんで異様にふくらんだ、空間と時間とが複雑に錯綜する、さまざまに異質な部位を繋げた巨大なオブジェのような小説と、かたくなに黙りこくった一枚の写真とが、二十世紀を挟み撃ちにする。

若島 正

『黄金虫変奏曲』をめぐる変奏曲

1

パワーズの大作『黄金虫変奏曲』は次の言葉で始まる。

これくらい単純なことがあるだろうか?

しかし、と読者は反論するかもしれない。「これくらい複雑な小説があるだろうか?」と。

2

『黄金虫変奏曲』を読む読者が何よりもまず圧倒されるのは、パワーズが繰り出す語彙の豊富さである。遺伝子学関係の用語を中心にして、いままで小説ではお目にかからなかったような単語がどんどん出てくる。その文章の強度についていけない読者もいて当然だ。

だが、語彙の拡大こそが、「文学的な言葉」で自足した文学を批判的に鍛え直す手段であることは、パワーズを論じるときに決まって持ち出されるピンチョンという絶好の前例を見ても明らかだろう。『スロー・ラーナー』のまえがきを読んで、わたしたちは初めてピンチョンの肉声に接して驚いた。逆に言えば、それで初めてわたしたちが知ったのは、ピンチョンの小説言語がいかに人工的な錬金術を経たものであるかという事実だ。

パワーズも、科学の語彙を駆使することで、小説を鍛え直し、新たな問題を持ち込む。ただ、ピンチョンの方向性とは異なり、パワーズの目的は最終的には人間の問題に帰着する。その面では、彼は伝統的なヒューマニストだと呼べるかもしれない。科学の導入によって小説言語を拡大しながら、それでいかに人間が豊かになり自由になれるかという道を模索すること。『黄金虫変奏曲』のテーゼはとりあえずそのように要約することができる。

3

文学的な科学者ということで、わたしがまず思いつくのは、湯川秀樹と寺田寅彦である。それは別に、彼らが名文家でもあったという事実によるのではない。彼らの科学者としてのあり方が、きわめて文学的でもあったという事実のせいである。

この二人は、抽象的な思考を、つねに人間的な直観や体験に投げ返した。湯川の素領域理論が、荘子の思想からヒントを得たものだというのは、決して突飛な結びつきではない。そのあたりについては、荒俣宏の刺激的な名著『理科系の文学史』に詳しく述べられている。

4

DNAの二重螺旋を構成する四つの塩基と、人間との関係。人間とはつまるところその四つの塩基だとするのが科学の立場で、逆に四つの塩基の中に人間を読みとるのが文学の立場ではないだろうか。『黄金虫変奏曲』はその意味で、科学と文学が双方向に交流している。もうすこし正確に言えば、科学の立場から文学の立場へと移行する。

それはパワーズ自身が、大学生のころに物理学専攻から俗にいう「文転」したという軌跡と重なるだろう。

『黄金虫変奏曲』の基本的な構図は、二十五年の歳月をへだてた二組の恋人たちという二重螺旋である。ちょうど遺伝情報が受け継がれるように、遺伝子学の研究者どうしという過去のカップルから、物語を共同で書く現在のカップルへと、恋がバトンタッチされる。そこにも科学から文学へという軌跡が見て取れる。

5

ナボコフによれば、作家および読者に必要なのは、芸術家の情熱と、科学者の冷静な判断だという。蝶の研究者でもあったナボコフらしい言葉だ。

6

夜勤の最中に、レスラーはラジオから流れてくるグレン・グールドの演奏によるバッハの「ゴルトベルク変奏曲」を耳にする。それは二十五年前の研究者としての生活の記憶を生々しくよみがえらせてくれた。だがそれは、グールドの名前を一躍有名にした一九五五年の初録音盤ではなく、八一年の再録音盤だった。

しかしほんのちょっと聴いただけで、それが同じ曲ではなく、同じ演奏ではないのを知って彼は愕然とした。初めから終わりまで徹底した再解釈で、はるかにテンポが遅く、多彩で、豊かな演奏なのだ。変奏の多くはアタッカとなり、休止せずに、最後の音符が次の変奏の最初の音符へと流れ込み、重なり合って同時に聞こえればどうなるかという夢を誘う。

この後、レスラーはグールド死去のニュースを聞き、子供のように涙を流す。グールドの「ゴルトベルク変奏曲」新旧録音の比較については、人それぞれに評価があるだろう。わたしもこの二枚を何回も聴き比べた。旧盤のあの猛スピードによる超絶技巧の演奏が、いかにも青臭いのがわたしは好きだ。それに対して、新盤の伝統的な解釈に回帰した演奏は、成熟して、ひとつひとつの音がはっきり聴きとれる。

個人的な評価はさておき、ここで大切なのは、レスラーが旧盤よりも新盤の方を豊かだと思ったという、その事実だ。テクノ狂いだったグールドが晩年に行き着いた境地が、人間的な豊かさを感じさせる演奏だったという事実と重ね合わせてみると、とても興味深く思える。

7

わたしは子供のころから、詰将棋という芸術パズルに深入りしてしまった。いまではチェス・プロブレムという詰将棋の親戚みたいなジャンルにのめりこんでいる。わたしの頭の中では、詰将棋とチェス・プロブレムにさほどの区別はない。そのパズルを創作することは、わたしにとってほとんど第二の天性であり、頭から追い出そうと思ってもできない。頭の中で勝手に駒たちが将棋盤あるいはチェス盤の上に配置され、夢想した手順を並べるからだ。

プロブレムの魅力、そのひとつは、単純に見える盤の上に、奥深い真理がひそんでいることだ。あるいは、底知れぬほど複雑なものが、一見単純な形をまとって実現することだ。

どこからともなくふとわいた奇抜なアイデア。それがたとえ実現する可能性がごくわずかであっても、その可能性がゼロではなくごくわずかにあるかぎり、盤上のはるか彼方にそれが理想の形で実現したものが必ず存在しているのを、わたしは体験で知っている。

駒の配置とその動きの途方もない組み合わせ。それがあるとき、すべてがしかるべき場所に収まり、互いにぴったりとはまり合う。天使が盤上に舞い降りる。

わたしは神というものをまったく信じないが、プロブレムの神というものの存在は信じてもいいと思っている。美しいプロブレムは、まるで創作者という人間の存在を忘れたかのように、ただ盤上に存在している。そのとき、チェス盤は消え失せ、その作品はまるで何もない宇宙空間の中にぽつりと浮かんでいるように見える。

こんなことを考えるのは、たぶんわたしが根っからの理科系人間だという証拠なのだろう。

8

『黄金虫変奏曲』は、その文章の密度がきわめて高いが、物語の運び＝旋律《ムーヴメント》としてはきわめて緩慢である。その緩慢さは、グールドの「ゴルトベルク変奏曲」新盤を連想させないだろうか。

9

わたしが敬愛するチェス・プロブレム作家に、スウェーデンのボー・リンドグレンという人がいる。

リンドグレンは七十代という高齢なのに、いまだにプロブレムを作り続けている現役の超一流作家である。その姿はいつ見ても若々しい。

あるとき、リンドグレンはわたしにこんな話をしてくれた。

「わしが子供のころ、ある大人がお手玉の仕方を教えてくれた。三つの玉をかわるがわる投げて、こういうふうにやってごらんという。そこでわしは言ってやった。おじさん、それくらいだったらぼくは四つの玉でできるよ、とな。チェス・プロブレムとはそういうものさ」

四つを同時にお手玉するリンドグレン。そのイメージは、なぜか強烈な印象として記憶に残っている。その姿は、不思議にもバッハの対位法に似ていないだろうか。

そして、わたしはこうつぶやきたい気にもなる。〈これくらい単純なことがあるだろうか?〉と。

10

オットー・フリードリッヒが書いた伝記によれば、何事につけ自分でコントロールしなければ気がすまないグールドは、インタビュー記事まで自分で勝手にこしらえてその草稿を書いたという。だから彼のインタビューはほとんどそのまま彼のエクリチュールである。インタビューにはつねに書面で応じた、まるでナボコフのようなエピソードだ。

77 POWERS BOOK

あるインタビューで、グールドは対位法的体験について熱をこめて語っている。そして、できることなら自分自身とカルテットができるようになりたいと言い、「四チャンネルのステレオで、部屋の四隅にスピーカーを置いて聴いてみたい」とも言う。

パワーズの『黄金虫変奏曲』は、まさしくそのような試みだ。

11

何もない宇宙空間の中にぽつりと置かれていても違和感のないような文学作品。そんな妙なことを夢想してみる。それにいちばん近そうなのは、ベケットの作品群だろうか。特に『モロイ』と『ワット』。

『モロイ』の中でも有名な、四つのポケットに分けて入れた十六個の小石をぐるぐると入れ替える人間業とは思えないくだりを読むたびに、わたしはリンドグレンが語ってくれた四個のお手玉の話を思い出す。そういえばベケットも、チェス・プロブレムが好きで、いつもひとり黙ってプロブレムを解いていたという。

ベケットは最も優れた理科系の文学者だったような気がする。それはおそらく、彼の父親が建築測量検査官であったことと無縁ではない。

『黄金虫変奏曲』には、語りのトリックがある。それは最後の最後まで読まないと明らかにならない。こういう構成はすでに前作の『囚人のジレンマ』にも見られたことを、わたしは別稿で指摘しておいた。

その仕掛けを発見したときの読者は、わたしがそうだったように、たぶんこんな体験をするだろう。つまり、『黄金虫変奏曲』みたいにとてつもなく長い小説をすぐ再読してみる気にはなれないけれど、そこまで読んできた各章を一度に思い出す。すると、新たに知った事実の光のもとで、小説の部分部分、そして全体が、違った色に輝き出す。一種の数学的発見にも似たその瞬間が、実に感動的なのだ。そしてその感動は、対位法的構成と緊密につながっている。

エドワード・W・サイードは、グールドの「対位法的ヴィジョン」を論じた文章の中で、初録音の「ゴルトベルク変奏曲」でグールドが成し遂げた偉業が「ミクロコスモスからマクロコスモスへ、そして再びミクロコスモスへという鮮やかな道程」にあると評価している。そのサイードの言葉は、『黄金虫変奏曲』にもぴったりあてはまる。

それをさらにわたしなりに変奏すれば、「人間から科学へ、そして再び人間へ」ということにもなるだろ

79 POWERS BOOK

う。

13

ベケットに次ぐ候補。それはカルヴィーノだろうか。

特に『見えない都市』。

世界のあらゆる小説、そしてまだ書かれざるすべての小説を、一冊の短い小説の中に封じ込めてしまうというとんでもないことを、カルヴィーノはいかにも軽々と、そしてエレガントにやってのけている。この数学的ともいえるコンパクトさがたまらない。

文学とは人生のようにぐちゃぐちゃしてどろどろしたものだというのがわたしの持論だが、カルヴィーノの小説を読むときだけは、その明晰ですみきった結晶ぶりに感動する。

14

パワーズの小説には、思考停止状態に陥った人物がときどき出てくる。『黄金虫変奏曲』では元遺伝子学者のスチュアート・レスラー、『囚人のジレンマ』では元歴史教師のエディ・ホブソンがそうだ。それでは、彼らの思考停止状態は、否定的に描かれているのだろうか?

彼らに共通するのは、どちらも真実の探求者だったという点である。彼らは真実を探る過程で、可能な二つの選択肢を前にして、判断を留保した。その二つの選択肢とは、レスラーの場合なら科学と人間、ホブソンの場合なら個人と世界／歴史ということだった。つまり、それこそ「囚人のジレンマ」に陥ったわけだ。

しかしそうした行き詰まりは、すべてを疑い何一つ肯定的なものを生み出せない、現代的な意味での懐疑ではない。それはむしろ、判断留保《エポケー》に達することによって平静な状態を獲得した、古代ギリシャに端を発する懐疑主義の流れに位置づけるのが妥当ではないか。

ここで、ピュロンに始まり、デカルトやパスカルを経由して、フッサールやウィトゲンシュタインへとたどりつくその系譜を素描する余裕はない。わたしたちが理解すべきなのは、レスラーによって現代のカップルが愛を取り戻し、ホブソンによってその子供たちが自由になれたという、その物語的な帰結だ。

つねに骨太の物語を綴るパワーズ流の饒舌は、どこかで判断留保という体験をくぐってきたことがバネになっていると読むのは考えすぎだろうか。

コンサートを拒否してレコーディングのみに没頭したグールドのエピソード、あるいはベケットの沈黙とこれを結びつけてみること。

15

何もない宇宙空間の中に置かれても不思議ではないような音楽。たしかにバッハの「ゴルトベルク変奏曲」、それに「フーガの技法」や「音楽の捧げ物」といった曲は、微妙に変化しながら無限に続くかに見える壁紙を想起させて、好きな作品だ。

しかしいちばん好きな音楽は何かとたずねられたら、ためらいなく、建築家でもあるギリシャの現代音楽家ヤニス・クセナキスの「プレアディス」だと答えるだろう。これはほんとに何回聴いたかわからない。

曲名が六つの星から成る星団を表すとおり、この曲は六つの互いにピッチが異なるパーカッションで演奏される。そのそれぞれが作り出すリズムは、あるときは微妙にずれ、またあるときは極端にずれて、何度聴いても記憶できない。そして記憶で再現できないからこそ、何度も聴き直し、そのたびに新しい音を聴いたような気分になる。

広い平面に、音がバラバラと降ってくる。その音は、快適なメロディとして連なった音ではない。音の原子、あるいは音の粒とでも言おうか。その金属の玉のような音の粒が落下して、透明な平面に衝突する。そして衝突したときに弾けて、ピンという音をたてる。その音の雨は、平面上で密度がまばらだ――といった抽象的な言葉でしか、わたしには「プレアディス」の印象を表現できない。しかし、抽象的なものの美が、わたしたち人間を強く刺激し魅惑することは、数学を知った人間なら誰でも体験しているだろう。

クセナキスは、組み合わせ・確率・乱数などを縦横に駆使した作曲法で知られている。そうした知的な操作で抽出された音の粒の複合リズムには、夢の世界にだけ存在する、高度に抽象的でしかも生々しい感触があるのだ。

クラシックにありがちな、人間の情にひたされ濡れた音楽ではなく、乾いた硬質な音の粒そのもの。そんな「プレアディス」のような音楽を聴きたい。

16

『黄金虫変奏曲』は次の言葉で終わる。

これくらい単純なことがあるだろうか？　大まかに翻訳すれば、気分を出してもう一度。

語りの力

ストーリー・テラーとしてのリチャード・パワーズ

ジェイムズ・ハート

坂野由紀子訳

リチャード・パワーズの『さまよえる魂作戦』に登場するリンダ・エスペラは、重病の小児患者の病棟を担当するリハビリ療法士で、子供たちにいつも物語を読んできかせている。「読み聞かせというのは、歴史上もっとも古い治療法なのだ。どんなに昔からある民間療法よりもさらに古い。めでたしめでたしで終わるいかにもブルジョワ的なおとぎ話のかずかずを、十分摂取しないまま育ってしまった患者たちに、知らないうちに飲み込ませてしまえる方法。彼女にしてみれば、それはこのように、自分で濃縮液を作って、『口うつし』で与えるやり方しかなかったのだ。しかるべき抗原を欠いているせいで、子供たちは生を受け付けることができず、いつも吐き出してしまう。物語こそ、子供たちに与えてやれる、生に対する免疫力をつけられる唯一の予防接種なのだ」[1]。彼女が読んであげる物語の一つに、宿屋のおかみさんの話がある。おかみさんは、街へ行けば見つかるはずの宝の夢を見る。実際に行ってみると、こんどはある男から、田舎の宿屋のベッド下にある宝の夢を見た、と聞かされる。彼女は家に帰り、自分のベッドの下の床板を剝がして、宝物を見つける。「これがナラティブ・セラピーの本質である。交叉する夢が、治癒をもたらす」とパワーズは言う（七七頁）。

リチャード・パワーズ自身もこの作品で、そして他の作品でも、ある種のナラティブ・セラピーを行なっている。これには、二つの意味でセラピー効果がある。つまり、彼のすべての作品を構築している「交叉する夢」は、リンダが語った宿屋のおかみさんの話のように、一方では解釈学的であり、また一方では、癒しの作用を持っている。それは我々に、この世界の、ある側面を理解する方法を与えてくれると同時に、「めでたしめでたしで終わるいかにもブルジョワ的なおとぎ話のかずかず」という薬を与えてくれるのだ。さらに言えば、彼のナラティブ・セラピーは、ナラティブを通じてのセラピーであるだけではなく、ナラティブのためのセラピーでもある。

彼のどの作品にも内在するひとつのテーマ、それは、ナラティブの可能性を探ることであり、世界に秩序を与える方法をとり戻そうとする試み——目下きわめて悪性の病におかされているその方法を、健康な状態に回復させようという試み——である。

『舞踏会へ向かう三人の農夫』でパワーズは、ストーリー・テラーとして、自分の基本的な方法論を確立している。『三人の農夫』では、三つのストーリーが一つに編み上げられている。まず、一人称で語られる、題名の由来にもなった写真の話。本作は、九つの三章トリオで構成されているのだが、各トリオの冒頭の章は、つねにこの話になっている。これをナラティブAと呼ぶことにしよう。次に、その写真に出てくる三人の農夫（ペーター、フーベルト、アドルフ）の人生を綴った架空の物語（ナラティブB）。そして、ピーター・メイズの物語（ナラティブC）。これらのナラティブについて、まずはっきりと言えることは、そのどれもが、お互いに全く異質である、ということだろう。ナラティブAは一人称の回想であり、語り手は（読者にはPというイニシャルしか知らされない）はっきり特色のある声を持っている。その特徴は、自分自身を皮肉るウィット、知的好奇心、細部に対する粘り強い注意力、などである。そして、このような一節から、そのナラティブは始まる（これは、作品の冒頭を飾る一節でもある）。

三分の一世紀のあいだ、私はデトロイトなしで十分やってきた。まず第一に、車というやつはどうも相性が悪く、いままで一台も所有したことがない。自動車の座席に少しでも似た匂いを嗅いだだけで、乗物酔いになってしまう。その事実のみでも、かの自動車の町を〈私が行ってみたいアメリカの町〉の下から数えて第三位に定着させるに十分であった。また、旅の面倒臭さを忘れるために、私はいつも景色に頼ることにしているのだが、「デトロイトの景色」なるものは「映画女優」「良性の癌」「報道界の紳士」「アメリカの外交」といった表現と同次元の自己撞着に思えたのである。かくして、物心ついて以来ずっと、私は首尾よくデトロイトを無視していた。ところが二年前のある日、都市は私を急襲し、逃げるすきも与えず私を拿捕《だほ》したのである。(2)

「語り」の要素が最も少ないのは、ナラティブAだ。デトロイトの博物館で見た写真の背景を、語り手が探ろうとする以外には、ほとんどなにも起こらない。語り手は、自分の勤め先で掃除婦をしているミセス・シュレックがこれと同じ写真を持っていたのは、三人の農夫のうちの一人、フーベルト・シュレックが彼女の婚約者だったからだと考える。ところがやがて、写真の農夫は別人で、単にフーベルトのことをミセス・シュレックに思い出させるにすぎないことを知る。また、彼女の名前がシュレックになったのは、彼女がフーベルトと結婚していたからではなく、移民審査でそう名乗ったからだということも判明する。

このような断片的なストーリーを除けば、第一のナラティブはすべて、写真の背後にあった事情についての、エッセイ風の解説である。とはいえ、ナラティブ部分を「探求」のスタイルにすることで、サスペンス的な要素を創り出すことにも十分成功している。この探求は、歴史を探る旅であり、過去についての情報を手にいれるための探求だ。過去へさかのぼろうとするこうした衝動が、実は、個人的でシンボリックな色彩を帯びているということは、この作品のはじめの方に出てくる、ある重要な一節に示されている。

午後遅く、三人の男がぬかるんだ道を歩いていて、二人は明らかに若く、一人は年齢不詳。あの機械的複製がよみがえってくると、父が出てくる夢でいつも感じさせられる、自分の怠慢を恥じる思いが湧いてきた。それらの夢のなかで、私が二十一歳のときに癌に屈した父は、私の枕元にやって来てベッドに腰かけ、こう言っている――「お前、わしのことを忘れたのか？　わしのこと、死人だとでも思ってるのか？」」。右肩ごしにこっちを見ている農夫たちは、それと同じ罪について私を責めている（邦訳八四～五頁）。

この箇所からもわかるように、『三人の農夫』では、「知識」にエディプス的な意味を負わせている。つまり、どんなことについての知識も、それは自分の親についての知識である、というわけだ。

ナラティブBは、三人の農夫についての物語であり、ナラティブAとの違いも鮮明だ。Aはほとんどすべてが解説であるのに対し、Bはほとんどが叙述である。Bに登場する三人称の匿名の語り手が、コメントを加えたり思索にふけったりするために立ち止まることはまずない。さまざまな事件が次々にめまぐるしく起き、それが、「現在形」という、この物語を納めている容れ物によって、さらに効果をあげている。三人の農夫の物語は、すべてを皮肉るタイプのコメディ、というスタイルで書かれている。そのおおらかで素朴なユーモア、民俗的な素材、圧倒的な量のリアリズム的ディテール、それはまるで、フランドル派絵画、なかでもブリューゲル親子の絵画のようだ。ここでの主な引用テキストは、ヤロスラフ・ハシェク作『兵士シュヴェイクの冒険』（一九二三年）で、ナラティブBのエピグラフのひとつめに引用されているほか、他の場所でも何度か引用されている。『兵士シュヴェイクの冒険』と三人の農夫の物語に共通するのは、第一次大戦という大災難にみまわれ、名もない小市民が右往左往する姿をコミカルに描く、というテーマだ。

ピーター・メイズの物語であるナラティブCは、それともまた根本的に異なっている。軽いタッチのロマンチック・コメディであり、紋切り型なプロットのさまざまな要素をパスティーシュにしたものだ。なかなか捕まえられない女性を追う、恋の捕物帳。メイズがヘンリー・フォードと同じ写真におさまっているのはなぜか、その説明をもとめる探求の旅。さらには、遺産相続という、ワイルドの『真面目が肝心』からそのまま抜け出してきたようなライトモチーフ。三人称のナレーションも、物語中の会話も、スマートでウィットに富み、一九三〇年代のスクリューボール・コメディを思い起こさせる。

三つのナラティブの関係はきわめて複雑であり、最終的には、ありきたりな定義を寄せ付けない。一読しただけだと、次のように考えたくなる——一人称のナラティブA＝基本となる「リアリティ」。ナラティブB＝第一のナレーターが、豊かな想像力で、写真から得られた情報を拡大したもの。ナラティブC＝同じ素材をフィクションに再加工したもの。しかし、このような単純な解釈が生まれるのは、単に我々が、作者の声と思われる一人称の声に、特別な権威を認めてしまう傾向があるからにすぎない。

プロットを分析して、論理的に見てどちらのナラティブのほうが根底にあるのかなどと考えるよりも、ストーリー同士の間に、さまざまな関係性があることに注目したほうが面白い。たとえば、ペーターの息子、ペーター・フーベルトゥスがエリス島に到着して「ペーター・フーベルトゥス・キンダー・シュレック・ランゲルソン・ファン・マーストリヒト」と名乗り、移民局の職員に勝手に「ピーター・メイズ」にされてしまった瞬間、すくなくとも二つのストーリーが交差するように思える。また、Pの出会う掃除婦は「ミセス・シュレック」という名前なのだから、Pのナラティブもここにたぐり寄せられることになる。ところが、その反面、この場面は、ペーター・フーベルトゥス老人の晩年の「真実」への代案とも言うべき、彼の想像の中にだけ存在している出来事でもある。さらに、Pの写真に対する執着と、ピーター・メイズの、時代物の服を着た赤毛の女に対する執着は、互いに呼応し合っているし、ピーター・メイズという名前自体も、三人の農夫のうちの一人、「ピーター」と呼応している。ナラティブAのPとは、パワーズのことだろうか、それともピーターを意味しているのだろうか――後者だとすれば、どの物語にも一人ずつ「ピーター/ペーター」がいることになる。

対応の連なりをもうひとつあげよう。アドルフは、小さな少年に一握りの豆を差し出されて泣いている女優の写真に魅了される。その写真のタイトルは、「ジャックの母親は豆を喜んでいない」である(邦訳一六〇頁)。この一九〇ページほど後では、Pが、ジャックと豆の木の話にならって、貯金箱を差し出している。「両手で顔を覆って泣いている母親に、ジャックが豆をさし出している」(邦訳三四九~五〇頁)。アドルフは、ジャックの母親を演じているその女性が有名な女優である、ということまではわかるのだがその名前が思い出せない。それは三つのストーリーの間を縫うように行き来する謎の女性サラ・ベルナールなのだろうか?(ピーター・メイズの憧れの女性は、舞台でサラ・ベルナールを演じる。Pはベルナールに関する本を読む。アドルフの息子は、第二次世界大戦下、ナチスの拷問を受けているとき、ある女性の幻影を見て力づけられ、生き抜こう、と思う。彼が一度も会ったことのないその女性は、ベルナールのトレードマークである「見たこともないほど華やかなイチゴ色の赤毛」をしている(邦訳三六九頁)。)

作品の後半で、パワーズは、自分のつくったストーリー同士の関係を表す、ある比喩を提示する。ピーター・メイズが母親の家で天井裏を探し回っていると、「五キロに及ぶ、かつて流行した立体写真の山」が出てくる。しかし、手持ち式の立体鏡本体がないため、「メイズとしてはただそれらの写真を光にかざし、わずかに非対称になっている情景を凝視して、二つの眺めが視差によって三次元に変容するさまを想像するしかなかった」（邦訳二八四頁）。

　ナラティブAのクライマックスでもある最後の場面では、Pが、「ステレオスコープ」（立体鏡）の比喩を考え出す。

> あの写真をめぐる、わずかに異なった二つの見方——いわば説明的な見方と、想像された見方——が並んだいま、あとはステレオスコープそのものさえあれば、あの像を、肉付きの備わった三次元のものにすることができる。（……）その機械がはたしてどんな形をとることになるのか私は想像してみた。薄いフィルムに浮かぶ像が、二つの方向に広がっていくのが見えた。一方では過去を貫き、大惨事を抜けて、撮影者と被写体たちとを一堂に会させたあのうららかな日まで。そしてもう一方では、時を先に、はるか先に進んで、あの日の産物が、見る義務を引きうける者（たとえば私）の行く手と交叉する地点まで。
>
> （……）いま私は、日に日にこう確信を高めている——作者ではなく、読者こそが、物語を読み込み、欠けている姉妹編を、ステレオビューを供給する任を担っているのだ。作者がかつて持っていた役割は、機械によって年々すり減っていく（邦訳三八九〜九〇頁）。

　この作品自体が、だんだん写真のようになってゆく。ある時点でPは、映画が与える錯覚について語りながら、こう言う。「我々はフィルム上の出来事に反応しているのではなく、自分の心のなかにおいて同時進行で編集している千のリールに反応しているのだ。言い換えれば、我々自身の希望と恐怖から成る映画に我々は反応している。グリフィス公園、ヴェルダン、人けのないパリの街路、ぬかるんだ道に立つ三人の農夫——それらよりも、自分を巻き込もうという機械的決断、構図を取り直し物語を拡張しようという決断の方が、より大きな意味を持っているのだ」（邦訳三〇二頁）。読者は、Pが写真に対して見せたような注意力をこの書物に注ぐよう求められ、また、作品と写真の題名がいみじくも同じである（『舞踏会へ向かう三人の農夫』）ことに気づかされる。

パワーズは「視差」を利用して、自分の書いた三つの物語に、三次元の奥行きを与え、そのことによって、自分の作品がジョイスの『ユリシーズ』と縁続きであることを示している。『ユリシーズ』もまた「視差」を、その二重のヴィジョンを表す言葉として使用しているのだ。『ユリシーズ』同様、『三人の農夫』は「視差的」な小説である、と言っていいかもしれない。パワーズが三個のパラレル・ストーリーに与えた構造は斬新だが、それは単に斬新というだけでない。この作品の随所で考察される、「認識と現実との相互関係」そのものを体現するような構造にもなっているのだ。

結局は自己の権威を否定してしまう傍観者、というこのパラドックスは、今世紀のきわ立った特徴であり、無数の分野において同時に認識されてきた。心理学者たちはいまや、テストの対象たる行動にいっさい影響を及ぼさぬほど巧妙な心理テストなどありえないことを知っている。経済学の数々の論文は、モデルAの絶対性を十分に多くの人々が信じるならモデルAは絶対的に真となることを示している。政治をめぐる世論調査は、それらの調査が予想する結果をみずから生み出す。客観的な諸科学においてですら、物理学者たちは、極小の物質を記述するにあたって閉じた箱について語るのは不可能であり、箱を開ければ開けたで中味をどうしても変えてしまうと結論せざるをえなかった（邦訳二三七頁）。

「写真というものの最終的な神秘は、撮影者、被写体、観賞者という、最終結果を生む上でそれぞれ必要な三者が、たがいのまわりを用心深くぐるぐる回り、めいめい自分の都合に従って相手を定義しあうところにある」（邦訳三九〇頁）とPは書く。そして、これは、『舞踏会へ向かう三人の農夫』についての最終的な神秘でもあるようだ。

『囚人のジレンマ』のエディ・ホブソン・シニアは、「ある人間が救われる可能性があるかどうかは、ひとえに、歴史のどのあたりに自分が生み落とされたのかを、突き止められるかどうかにかかっている、といつも主張していた」(3)。ホブソンを作り出した人物もまた、同じ考えをもっているようだ。『囚人のジレンマ』は、『三人の農夫』と同じように、個々の登場人物と、大きな歴史的、文化的背景（『三人の農夫』では第一次世界大戦、『囚人のジレンマ』では第二次世界大戦）との間を自由に行き来する。また、これら第一作と第二作に共通するもう一つの点は、複数のナラティブ・ラインを使用していることである。と言っても、複数のナラティブをただ線形的に並置しているわけではなく、入れ子状に重ね合わせているのだ。『三人の農夫』のナラティブの構造をステレオスコープにたとえるなら、『囚人のジレンマ』は、入れ子細工になった人形といったところか。

『囚人のジレンマ』には、番号をふった二十二の章と、そのあいだに散りばめられた、番号のついていない十四個の、イタリック体で書かれたセクションがあり、あとは、「カラミシン」という名の変則的な章が一つある。番号のついている章だけを読めば、リアリズム的な家族小説かと思うだろう。それは、夫であり父である一人の男性の、病と死という問題に、妻と四人の子どもたちが取り組む話だ（このリアリズムにはひずみが生じ、結局は最後の章で崩壊する）。番号のついた章の間に挿入されたイタリック体の部分は、リアリズム的なナラティブを補足するような内容が詰め込まれ（個人的な歴史と回想、一般的な歴史的背景、歴史ファンタジー）、飾り気のなかったストーリーを非常に豊かなものにしている。そして、変則的な「カラミン」の章によって、さらに別の次元が加わり、読者は、それまでに読んだすべてについて考え直さざるをえなくなる。

この作品の構造を解く糸口の一つは、家族につけられた名前である。「ホブソン」という名は、「ホブソンの選択」という言葉を連想させる。昔からある言い回しで、「一見、好きなものを自由に選べるように見えて、実は選択の余地がないこと」の意である。それはいわば、この作品の題名でもある『囚人のジレンマ』のパズルの民衆版と言ってよい。囚人のジレンマとは、このような状態を指す――「各人に、以下のような条件が提示される。かりにどちらか一人が相手の罪を密告し、相手が口を割らなければ、密告者は自由の身となり、密告された方は処刑される。ところが二人とも密告をした場合は、両者そろって懲役十年に処される。どちらも密告しなかったときの懲役は、両者ともに二年」。ここで問題になるのは、各人にとって、どれが一番得策かということだが、

それに対する答えは、作品の随所に、間隔をおいて次々と登場し、作品のテーマ展開の指標にもなっている（六九～七二、一四九～五一、二八二～八三、三二一、三二三頁）。

しかし、作品の意味を理解するうえでむしろ重要なのは、「ホブソンの選択」あるいは「囚人のジレンマ」といった比喩よりも、主軸となる二つのナラティブの、相互関係のほうである。番号のついた章の物語は、父親が死ぬ前の十一月から始まり、クリスマスの数日後まで続く。第一章で一家は、末っ子エディ・ジュニアの十八歳の誕生日を祝うために、イリノイ州のディ・カルブにある実家に顔を揃えている。この家族には子供が四人おり、アーティ（二十五歳）、リリー（二十四歳）、レイチェル（二十三歳）、そしてエディである。第一章から第一二章までの出来事は、この誕生会の週末に起きる。このセクションの終わりで、エディ・シニアが、病院で検査を受

けることに同意する。彼がシカゴの退役軍人病院に行くのが、第一三章。第一四章では病院から姿をくらます。最後の部分、第一七章から第二一章には、クリスマスの当日とその後の数日間、アメリカ南西部のどこかにいるエディ・シニアから電話を受けたときのことが書かれている。エディ・ジュニアは父親を探しに西へ車を走らせ、エディ・シニアは、ロス・アラモスの、原爆実験の行われた場所で、謎の死を遂げる（第二一章と、番号のついていない短い残り二つのセクションは、別々に考察する必要がある）。

『囚人のジレンマ』の半分を占めるリアリズム的小説は、家族間の力学（お互いを補いあうようなアイデンティティをそれぞれがどのように確立するか、家庭の危機にどのように立ち向かうか）についての、繊細かつ洞察力ある（そしてしばしば、きわめて愉快な）考察である。読者は、アイリーンが「ずっとまえに、病気持ちの夫から――ひとにうつる症状とそうでない症状があったが――感染症をもらってしまった……ただ黙ってじっとして、すべてのことを理解し、すべてのことを控えめに言っていれば、標的にならないようできるだけ体を小さく縮めていれば、すべては感染前のきれいな状態に、まだ戻る、という希望。それを、うつされたのだ」（一九頁）と聞かされる。一家は秘密を守るというルールに従って行動し、外界からほとんど完全に孤立している。彼らは自分たちをとりまく状況に対応するために、防御的な立場を選んだのだ。否定、抑圧、大げさな世話、おどけ、そして不適応に基づく行動。このような戦略のうちのいくつかを、適宜組み合わせて使っている様子が、彼らのあらゆる行動に見てとれる。

『囚人のジレンマ』のリアリズム的なナラティブは、しかしながら、その中心に穴が空いている。エディ・ホブソンのことである。妻と子どもたちは彼のことで夢中になっているが、しかし彼自身は捕らえどころのない人物で、彼についての説明も、十分には与えられない。心もとない足どりで舞台に現れたり消えたりして、冗談を言ったり、警句を口にしたり、議論のテーマを提供したりはするものの、自分自身のことは少しも明かさない。読者である我々も、エディを理解しようとするが、彼はいつでも、あとちょっとで手が届きそうなのに、届かないところにいる。

イタリック体で書かれたセクションで展開する、第二のナラティブは、第一のナラティブの欠落した中心を補い、我々がエディ・ホブソンを理解する助けとなる。このナラティブの性質をあらわす形容詞は、第一のナラティブにはあてはまらないものばかりだ。「断片化された」、「流動的な」、「詩的な」、「連想的な」、「脱線しがちな」、「包括的な」。そして、このナラティブは、基本的に謎めいている。ここで、きわめて個人的な独白をしているのは、一体誰なのだろう?

どこかで父が、私たちに星座の名前を教えている。私たちは、寒さの中、暗くなった裏庭で仰向けに横たわっている。体の下にあるのは、十一月の堅い地面だ。私たち子どもは、父の巨体の上に、さながら予備のハンカチをならべたみたいに広がる。父は私たちの重みを感じてはいない。安物雑貨店で買った六ボルトの懐中電灯で、父は上からかぶせた黒い丸天井の穴を照らす。凍り付いた地面に仰向けになっている私たちの目の前に、冬の空について学ぶための、図解つき教科書が広げられている。六ボルトの光線が、全世界でただ一つ、弱くて暖かい場所をつくり出す(一三頁)。

小説的なセクションの第一章を読んだ我々としては、子どもの誰か一人がこれらの挿入章を書いたのだろう、と考えてみたくなる。だが、どの子が書いたのだろう?それを知るすべはない。さらに、番号のついた章に出てくる家族と、挿入された章に出てくる家族とが、同じではない、という証拠もある。たとえば、挿入章の家族には、四人ではなく、五人の子どもがいるのだ。そのうえ、挿入章では、エディ・ホブソンのほかは、家族の名前が全く出てこない。「私の母」、「私の弟」などと記されているだけだ。

『囚人のジレンマ』の、番号のついた章の小説風ナラティブと、挿入された章のナラティブとの関係を考えると、どちらのナラティブの方が論理的により基底にあるのか、という問題が出てくる。挿入章を語る人物がまずいて、その人が自分の家族についての物語を、さらに小説仕立てにした、ということだろうか？　それとも、もとからあったのは小説の方で、それを敷衍したのが、挿入章のナラティブだ、ということだろうか？　二つのナラティブの間に、このようなメビウスの輪の構造を導入することで、実はそのどちらも——「客観的」な小説仕立てのナラティブも、個人的な回想のナラティブも——人為的な構築物であることが明らかになる。

番号のついた章が全体として一つのナラティブを形成しているのに対し、イタリック体で書かれた挿入章は、二つのナラティブを形成している。まず、何らかのフレーズを題名にしている章がいくつかあり（「謎」、「主な時制」など）、内容的には、エディ・ホブソンの物語を語っている。その一群の章は一人称で、成人したホブソン家の子供（どの子かは不明）の視点から書かれ、過去時制を使い、父親にまつわる最近の思い出と、自分が幼かったころの出来事とを、しばしば並記している。

もう一方の主たるナラティブ群は、題名に「日付」がつけられているのが特徴で（「ホッブズタウン一九三九年」、「一九四〇〜四一年」等）、やはり一人称で書かれているが、こちらは匿名の、全知の語り手の視点から、現在形によって記述されている。そこには、第二次世界大戦中のウォルト・ディズニーの活動についての、歴史ファンタジーが描かれている。イリノイ州ディ・カルブの町はずれに巨大な映画セットの建物があり、そこでは、強制収容所から救出された日系人たちが、超大作プロパガンダ映画『君こそが戦争だ』の制作に打ち込んでいる。想像の中のエディ・ホブソンが、この架空の映画の主人公を演じ、その映画のストーリーが、原型的なプロットを持った、ナラティブ内ナラティブとなる。「我々とは異なる種類の生物がやって来て、あなたは全体のどこに位置するか、あなたがいかなる違いを生み出す存在か、とか、あなたが気づきもしなかったようなことを言う」(二六五頁)。『君こそが戦争だ』の場合、我々と異なる種類の生物とはミッキー・マウスであり、ミッキーはエディを、ある「頂上」に連れて行く。その頂上からエディは、第二次世界大戦後の世界の、暗澹たる歴史についての宇宙的なヴィジョンと、戦時中に掲げられていた理想主義が本来の道筋から徐々に脱線して行く様子を目のあたりにする。ミッキー・マウスはまた、ホブソン家の人々の人生を、エディ自身がどのようにして変えるかも見せる。しかしエディには、ミッキーの声が聞こえない。

『囚人のジレンマ』の結末部の数章や挿入部は、この複雑な小説作品における、各部分同士の関係について考える場合、どのような要素に焦点を当てればいいのか、単純で決まり切った解答ではなく、いくつかの新しいポイントを教えてくれる。第一九章で、リリーは、父が姿を消す前に読んでいた本を見つける。それは『デカメロン』であった。「パパのお気に入りの本だわ。一握りの人たちが黒死病を逃れ、現実を超えたお話を語りあうことで、異郷での日々を楽しく生き抜くの。パパはこの本を引っぱり出しては、読んでいたわ。ときには、家族の誰かを相手に、声に出して読むこともあった。五年に一度か、そのくらいね」(三二七頁)。このエピソードのすぐ後に、同じ素材を再加工した、ディズニーに関するファンタジーの挿入章『V-J』が続く。戦争は終わり、『君こそが戦争だ』制作も中止になる。想像の中のエディ・ホブソンは、誰もいなくなったウォルト・ディズニーのオフィスに迷い込み、そこにあったディクタフォン

（速記用口述録音機）に、デカメロンの冒頭部が録音されているのを発見する。(4)ディズニーの声を聞き終わったあとも、エディはテープを最後までまわし続け、巻き戻すと、吹き込まれていたメッセージの上から、録音し始める。「さあ、また振り出しから始めよう。みんなで、小さい世界を作るんだ、ミニチュアのミニチュアを、そう、半ダースばかり。それより大きなものは、我々はことごとく駄目にしてしまうのだから。何の変哲もない、ふつうサイズの家族の、日常的な営みを、模型にしてみよう。それでちゃんとうまく行くかどうか、試してみるのだ。十五年前に、太平洋岸に行って、楽しいはずの夏休みを、中途半端に終わらせてしまった六人家族を」（三三一頁）。エディはその後もさらに、その家族についての詳細をつけ加えてゆく。ところが、彼が喋っていると、デイクタフォンが色とりどりの光を放ち、「その建物は、彼の記述で満たされた」。最後に、彼はこう結ぶ。「二度と繰り返すことのできない、五月のなかごろのある日、家に残った者は、夕餉の食卓につく」（三三三頁）。これは、この作品の最後にある短いセクション、「一九七九」の冒頭の一行である。このセクションは、イタリック体で書かれ、日付が題名になってはいるが、明らかに、小説的なセクションのストーリーに結末を与え、この作品にあった二本の流れを一つにまとめているように思える。

しかし、メタフィクション的な要素はほかにもあり、事態を複雑にしている。第一八章で、アーティは父親の、ホッブズタウン・テープ（父親が五〇年以上にもわたって録音しつづけてきた、秘密のプロジェクト）を調べる。テープは、最後の一本をのぞいて、すべて消去されていた。その一本は、イタリック体で書かれた章の、最初の章に書かれていた言葉で始まっている。聞いてみると、内容はホッブズタウンの物語で、どうやら、日付タイトルがつけられたイタリック体の章の内容らしい。その物語は、「治癒力を持たせることをひたすら目指して考え出された、驚くべき創意の網だった。アーティが、入り組んだ、不可解に行き来する出来事の束から理解した限りでは、ホッブズタウンの物語とは、パパが一番気に入っていたテーマを実演してみせたものらしい。わたしたちは、揃いもそろって、なんと目の前の問題ばかりにとらわれていることか。長い目で見ることを忘れ、全体像を見逃してしまっている」(三二七頁)。

こうした文章の組み合わせによって、結末部は、冒頭部へと、弧を描いて戻って行き、いくつもの円環構造を作り出す。そして、その円環構造は、また別の文章のなかにも、鏡像のように映り込んでいる。番号のついた章の最終章では、一家が、ホッブズタウン・テープの最後の一本を聞いているのだ。そのテープが終わったとき、彼らは「その結末をどうにかしなければならない」という気持ちにさせられている。

ゆっくりと、慎重に(その機械には最後のリールがかかったままで、彼らには、これから自分たちが何をするつもりか、よくわかっていた)、アーティはテープを巻き戻すと、指を伸ばし、録音ボタンを押した。

「どこかで父が、私たちに星座の名前を教えている」。

彼は、少し喋ると、その装置を次の人に回し、その人もまた次の人に回した。彼らは一列に並んで、順繰りに録音した(三四四頁)。

だとすればこの作品の、小説的な家族物語のセクションを書いたのは、イタリック体のセクションに登場する、想像上のエディ・ホブソンということになる。一方、日付タイトルがつけられた、イタリック体のセクション(基本的には、第二次大戦中のウォルト・ディズニーの物語)に書いてあるのは「ホッブズタウン物語」のように思われ、それをディクタフォンに吹き込んだのは、番号のついた章に登場する方のエディ・ホブソンである。

そして、フレーズを題名にしたイタリック体セクションは、ホブソン家の、成人した四人の子供たちが共同で作ったものと考えられる。

さらにこの構図を複雑にしているのは、「カラミン」という変則的な章が、この複雑な構図のさらに外側にある、という事実である。このセクションは、最終セクションと同様、架空のエディ・ホブソンが「V-J」の最後でディクタフォンに吹き込んだ文章で始まる。「二度と繰り返すことのできない、五月のなかごろのある日、家に残った者は、夕餉の食卓につく」（三四五頁）。この短いセクションで我々は、もう一種類の現実に出会う。作品に登場する、成人した子供たちの数は四人ではなく、今度は五人になっている。語り手は、小説には存在しなかった、真ん中の息子である。一家の名字も、ホブソンではなく、パワーズになっている。「真ん中の息子である私は（……）この喪失の意味を、何らかの形で理解するには、何から始めたらいいか、ひとつの案を思いついていた。それは、戻ってくる方法が見つかるまでの間、ずっと隠れていられる場所を作る計画だ。その場所を、パワーズ・ワールドと名付けよう」（三四五頁）。この、「最も外側にある」ストーリーのパワーズ・ワールドの形は、まるで入れ子細工の人形のように、「最も内側にある」ストーリーに至るまで、何度も繰り返される。どのストーリーも『素晴しき哉、人生！』のプロット（本書は、エピグラフの一つをこの映画からとっている）を変奏したものだ。ある人物が、案内人に導かれて、自分の人生の全体像をきちんと眺められる場所に行く。「あなたは全体のどこに位置するか、あなたがいかなる違いを生み出す存在か」（二六五頁）。フランク・キャプラ監督作品の映画では、天使クラレンスが、ベイリーにこの全体像を与えている。[*] ひとつ外側の層では、ミッキー・マウスが、架空上のエディ・ホブソンに教えを授けている。この部分は、ホッブズタウン物語の内部にあるナラティブだが、ホッブズタウン物語自体も、「本物の」エディ・ホブソンが、自分の子供たちに教えを授けるために作ったものだ。そして、成人した子供たちは、イタリック体で書かれたナラティブを共同で作り上げ、パワーズに教えを授ける。さらに、その、パワーズの「パワーズ・ワールド」が、すなわち『囚人のジレンマ』という作品が、今度は読者に教えを授けることになる。

このように、入れ子状に増殖するナラティブは、『囚人のジレンマ』において、どのような機能を果たしているのだろう。この作品には、解釈上、謎となる部分が沢山あるが、これらの謎に対する答えも、今の疑問に対する答えも、元祖の「囚人のジレンマ」問題のなかに見いだすことができるかもしれない。エディ・ホブソンが家族にこの問題を説明しているくだりで、エディ・ジュニアはこう言っている、「だから要するに、一人ずつ別々に判断させると、足を引っ張り合うことになる、ということだね。でも、天の視点に立ったら?」(七一頁)。アーティが本作の最後で気づいたように、彼の父親は、ナラティブを通じて、つまり、ホッブズタウンの創造を通じて、「天の視点に立った」のだった。「パパがテープでやろうとしていたのは、すっかり不信感におおわれてしまった世の中の状況を、直すことだった。そのために、増大する猜疑心が存在しようのない場所を作り出したのさ。それがホッブズタウン、世界の世界なんだ」(三一七頁)。『囚人のジレンマ』に繰り返し出てくるのは、やっかいで謎めいた状況に苦しむ低級なレベルから、広い展望を得られる高尚なレベルにまでステップ・アップするというパターンである。しかしそこまで行ってみると、この次元に対して判断を下すために、もっとずっと広い展望が必要になる、ということがわかるのだ。「高次元」も、より高い視座から見れば、「低次元」に変わるのだ。

ナラティブというものを、セラピー効果を持つ待避行動である、とみなす考え方と、無責任な逃避行動である、とみなす考え方との間に生まれる緊張関係は、パワーズの作品において繰り返し登場するテーマである。しかし、それをここまで明確に示しているのは、この作品のほかにはないだろう。「天の視点に立つ」ところまで自分を高めても、単に現実から逃げているのと見分けがつきにくい場合がある。しかし、パワーズ・ワールドでは、人間は（「囚人のジレンマ」の世界での規定と同様）、広い視野を獲得しても、また現実という「低い」世界に戻って行かなければならない。それはあくまで、「戻ってくる方法が見つかるまでの間、ずっと隠れていられる場所」でしかない。『囚人のジレンマ』における「天の視点に立つこと」の意義を考えると、我々はこのような結論に達する。「自己利益とは、自分にとって最上の利益ではない」（三一三頁）。われわれが生き延びるためには、お互いに協力し合うことが必要なのだ。この結論は、『囚人のジレンマ』において、父親の死がもたらした「喪失の意味」を、われわれに「何らかの形で理解」させてくれる。

『黄金虫変奏曲』（*The Gold Bug Variations* 以下、『黄金虫』と略記）は、パワーズの第一作目からの四作の中で、特別な位置を占めている。全六三九ページと、長さもほかの作品の約二倍ある。また、構造の複雑さも、スケールの大きさに伴って増幅され、最長作品であるのと同時に、最も手の込んだ作品にもなっている。言葉遊びになっている題名は、二つの重要な引用テクストの名前を告げている。それは、バッハの『ゴルトベルク変奏曲』（*The Goldberg Variations*）と、ポーの短篇「黄金虫」（"The Gold Bug"）である。作品の構造は、『ゴルトベルク変奏曲』の形式を模して、冒頭と結末にアリアが配され、その間の部分を三〇個の、番号をつけた「変奏」で分割する形式になっている。[5]「黄金虫」については、その構造面よりも、テーマの面で、パワーズの作品の相似形であると言える。もちろん、「暗号の解読をめざす探求」という要素は、バッハの作品とポーの作品の、どちらにもある要素である。このほかにも、注目すべき引用テクストは多数ある。重要な場面が、ジェラルド・マンリー・ホプキンズの「春と秋――幼い子へ」[6]を念頭に作られている場合もあるし、また、ウィリアム・バトラー・イェイツの「アダムの呪い」やエミリー・ディキンソンの「雲雀をひき裂いて」と対抗するように、あるいは反対の方向を目指して書かれている場面もある（三一六、三三五頁）。レスラーの頭を離れない、翻訳にまつわる諸問題について、ある重要な見解を示してくれたのは、キャドモン作「聖歌」についての、ビードの記述であった（四八七頁）。この作品全体が、各種のテクストを、実に精巧な手法で引用しているのだ。文学のアンソロジーには、DNA分子と似たところがある、と気づいたのはジャン・オデイだが、その相似関係は、『黄金虫』にも当てはまる。「これも、進化していくなかで編み出された、ぶざまかもしれないが、それなりに使える道具なのだ。変更を加えたパーツを集めて、また使えるようにした、新しい乗り物。これは、歴史的地層学なのだ。『これはうまくいくもの、あるいは、うまくいっていたものです。ご使用ください。別のものをお使いになるなら、消去してください』と告げている情報のパッケージだ」（四七一頁）。

このような引用テクストに加えて、『黄金虫』には二重のナラティブが存在する。どちらのナラティブも、様々な意味で問題をはらみ、また、どちらも、作品の終わりに近い部分で明らかにされる事実に照らして、考え直さなければならない。また、この作品では、語りの構造が、DNAの二重らせん構造という、繰り返し登場するメタファーによって表されている。引用テクスト、問題をはらむ複数のナラティブ、そして構造を表すメタファー。このような要素は当然、パワーズのはじめの二作にも登場していた。だから『黄金虫』は、これまでの作品のスタイルからの離脱、というよりはむしろ、これまでの手法を、より大きな土俵の上で試した作品である、と言ったほうが良いだろう。

パワーズの作品中、『ゴルトベルク変奏曲』の冒頭を飾るアリアに相当するものは、「万年暦」という題名の六四行詩である。そして、この作品全体の種子が（これもバッハ風に）、この詩の中に詰め込まれている。この詩は、「四」の組み合わせによって形作られている。一連が四行で構成され、その連は、四つ一組で一つのセクションをなし、さらにそのセクションが、四つある。それは、一方では『ゴルトベルク変奏曲』全体が作られる基となっているメロディと呼応しており、また一方では、遺伝子コードの基本的な構成要素とも呼応している。多産性、秩序、自然界のパターンに囚われた登場人物の描写に重点を置いた「万年暦」のテーマは、『黄金虫』のテーマでもある。

テーマが提示されたところで、変奏が始まる。『黄金虫変奏曲』は、三〇個の、番号のついた「変奏」にアレンジされている。そして、三つの例外を除くすべての「変奏」はさらに、三個から八個の、それぞれ題名のついた小セクションに分割されている（変奏一五、一六、二二だけは、単独ユニットでひとつのセクションを成している）。小セクションの中には、『ゴルトベルク変奏曲』にも通じる音楽用語の題名がついているものもある。たとえば変奏三の最後のセクションは「同度のカノン」という。また、それに続いて登場するのは、二度、三度、四度、五度、六度、七度、八度、九度のカノンである。ほかにも、変奏三〇などは、「クオドリベット」という題名だ。しかし、小セクションの題名のうち、繰り返し登場するものは、図書館の参考係というジャンの仕事に由来している（「今日は何の日」、「質問掲示板」、「今日の名言」）。非常にストレートな題名もあるが（「人種差別法」）、コミカルだったり、皮肉たっぷりの題名もある（「額面」、「公的事件――海外・国内」）。ただしここで重要なのは、いま指摘したような要素のすべて――テクストの分割化、セクションにつけられた番号、小見出し――が、『ユリシーズ』における「アイオロス」内の見出しのように、読者に、テクストのテクスト性を強く意識させ、表面上の語り手たちとは別個に、テクストを提示している「アレンジャー」が存在することを強く意識させる機能を果たしている、ということである。

枠組みであるアリア（冒頭と結末で提示）の間にある三〇個の変奏は、二つの、お互いに補完しあうナラティブを構成している。一つめは、一人称、過去形で、図書館員ジャン・オデイが、一九八五年から八六年にかけて、一九八三年から八四年の間に起こった出来事を時おり振り返りながら語ったナラティブである。彼女は、フランクリン・トッドという若きコンピュータ・オペレータ（論文こそ提出していないが、美術史の博士課程も修了している）との出会いを語り、また、トッドの同僚で、スチュアート・レスラーという五〇代の男性をめぐって調べたことについて、そして、やがてレスラーとの間に生まれた友情について、語る。やがて、変奏三の第一セクション「われわれはヤコブの梯子をのぼる」まで来ると、読者は二つめのナラティブに出会う。こちらは三人称、現在形で、若き日のレスラーが、イリノイ大学で従事していた仕事についての、つまり、遺伝子コードを解読する研究プロジェクトに参加していた一九五七年から五八年にかけての出来事についての記述である。

導入部のアリアの役割を果たす詩「万年暦」が予告しているとおり、これらの二つのナラティブは、二重らせん状に絡みあい、「お互いのまわりを、らせん状に旋回しながら上昇するダンス」（八頁）を踊ることになる。どちらの物語にも、二〇代半ばの男性と、彼より少し年上で、前の男性との関係をまだ断ち切っていない女性との恋愛が登場する。女性は、どちらの物語でも、子供を産めない体ということになっている。登場人物の名前も重要である。一九五七年のストーリーに登場するジャネットという女性の名前は、どうやら、遺伝学 genetics という言葉の最初の二音節を拝借したものらしい。一九八五年のストーリーに登場する「ジャン」は、「ジャネット」の後半の音節を落とした名前である。「レスラー」という名前には、聖ヤコブからの聖書的な連想があると思われる。聖ヤコブは、天使と取っ組みあい《レスリング》を演じたという、神秘的な体験をした人物だし、また、ＤＮＡの比喩として繰り返し使われる「ヤコブの梯子」も、彼が見たという、天使と神のヴィジョンを指す。一九八五年のストーリーに出てくる、レスラーに対応する人物フランクリン・トッドには、コンピュータ上で使う名前、「ＦＴＯＤＤ」があり、これはレスラーが研究しているＤＮＡコードを想像させる。

　どちらのストーリーも、符号や暗号に満ちている。この作品は、様々な暗号体系同士の関係を中心に展開する。遺伝子コード、音楽の構成法、コンピュータのプログラミング、文学の構造。変奏二三では、ある日、レスラーとジャネットが田舎道をドライブ中に、キルトを買うが、このキルトにしても、遺伝子コードの相似物として捉えられる。「彼らがそれを買ったのは、そこに、自分たちにいつもつきまとう、あるパターンを認めたからだ。そのパターンの正体はまだ二人とも、完全に理解してはいない。そのパターンは、繰り返されるが、決してそっくり同じ形が繰り返されることはない。展開はするが、同じ場所に留まる。常に縒り合わされる一方で、常にほどかれている」（五〇二頁）。レコード盤の溝もまた、暗号化されたメッセージの体系である。「スピネットの弦も、歌いながら、そのメロディを探っていかねばならない。ちょうど、彼が恋人からもらったレコードが、電気信号を読みとるレコード針に押されて、歌うように」（五〇三頁）。ジャネットの別れの手紙までが、暗号化されたメッセージだ。「彼がこの地上で築く人間関係は、結局いつも、丁寧に書かれた、ひとつのメッセージにまとめられることになるのだ」（五九五頁）。

『黄金虫』に登場する二つの物語は、完全なる複製品、というわけではない。ときには、対応関係にあると思われる部分も、反転（バッハでいうところの転回）されている場合もある。たとえば、ジャネットとジャンは、二人とも子供を産めないが、ジャネットのほうは、どうしても子供が欲しいと思っているのに、生まれつき不妊症だった、という設定。一方、ジャンは、自分が母親になることを恐れて、卵管結紮の手術を受けている。ジャネットは既婚者だが、ジャンはキース・タックウェルと同棲中である。ジャネットは夫のもとに残るが、ジャンはキースのもとを去る。そして、ジャネットとレスラーの関係は永遠の別れに終わるが、ジャンとトッドの関係は、作品の最後で復活している。ほかにも、二つのプロット・ラインに対照的な点があるとすれば、それは、プロットが逆転している、などという形式的な違いではなく、もっと大局的な違い、つまり、歴史的、文化的な対照である。レスラーとジャネットの物語は、一九五七年の、中西部にある小さな町で起こるが、トッドとジャンの物語は、一九八五年のニューヨークで起きる。これらの、設定の異なる二つの時代・地域の違いを表現するために、流行していた服装や音楽から、性道徳、テクノロジーの進み具合に至るまで、丁寧に描き込むあたりに、パワーズの実力が、特に発揮されている。

『黄金虫変奏曲』にある二つのプロットの結末は、『囚人のジレンマ』の結末と同様、「自分の尻尾を口にくわえたヘビ」のスタイルになっている。トッドは、変奏三〇から最終セクションにかけて、博士論文の代わりに、イリノイ時代のスチュアート・レスラーについての報告書を仕上げ、ジャンのもとへ戻る。この時点で、読者はすでに、ジャンが一年の休暇のあいだに、「素人にもわかるヌクレオチド解説書」(六一五頁)を書き上げていたことを知っている。ジャンのアパートに戻っているのを彼女に見つかったとき、トッドが読んでいたノートには、この解説書と、一九八五年から八六年についての、ジャンの個人的なナラティブが書かれていた。そしてトッドは、お互いの原稿を一つにまとめることを提案する。「これって、かなり強烈だよ、お嬢さん。セックス、恋愛、スパイ。一切合財はいってる。すごい金鉱だぜ」(六三七頁)。

ジャンとフランクリンの手元で大切に保管されているものは、もちろん、金鉱《ゴールド・マイン》ではなく、『黄金虫《ゴールド・バグ》』である。これをもとにわれわれは作品をさかのぼって、一九五七〜五八年のセクションの作者はフランクリン・トッドであり、一九八五〜八六年のセクション(及び「素人にもわかるヌクレオチド解説書」)の作者はジャン・オデイであることを知る。つまりこれは、パワーズがスティーブン・ディーダラス風に退却したということなのだ、と言ってみたい誘惑に我々は駆られる。「創造主たる神のように」、「彼の創造物の内部に、あるいは背後に、あるいは彼方、あるいは上に、見えないように、存在を超越して、無関心に、足の爪でも切りながら」(7)。この作品では、テクストの作者は登場人物たちだ、ということになったのだから。しかし、パワーズはもちろん、ポスト・ジョイス的な(あるいは、少なくとも、ポスト・スティーブン・ディーダラス的な)作家であるから、作家が退却するにしても、アイロニーをはらんでいないはずはない。読者の知っているフランクリン・トッドには、読者が読んだような、イリノイ時代のレスラーの話を書くだけの能力が、あるのだろうか? ジャンには、一九八五年から八六年にかけての、自分の話を書くだけでなく、一般向けの解説書を書くだけの能力が、あるのだろうか? また、なぜ、別々に書かれたナラティブの糸が、これほど見事な整合性を持ち、なぜこれほど絶妙に呼応しあっているのだろうか? パワーズは、第一作から第三作までの作品で、必ず一人称と三人称、現在形と過去形と、二種類のナラティブを併用してきた。そして、その目的の一つは、各種のナラティブには、どのような可能性が秘められているのか、また、ナラティブ間の相互関係はどうなっているのかを、探ることにあった。『黄金虫』の結末には、アイロニーと曖昧さが漂う。トッドは一九五七年のナラティブの作者であって、作者でない。

ジャンは、一九八五年のナラティヴの作者であって、作者でない。そして、まさにこのような、作者についての曖昧さのおかげで、この作品はいっそう豊かになっているのである。

『さまよえる魂作戦』の中盤で、外科医の主人公リチャード・クラフトは、ディスカウント・ストアの家電売場に、テレビのモニターがずらりと並んでいるのを見る。そのテレビ群は、全チャンネルをスキャンするようにプログラムされていて、その結果、悪夢のような光景が繰り広げられている。常に変化し続ける、悲惨なニュースのパノラマ。そのニュースが繰り返し扱っているテーマが何なのか、クラフトの目には明らかだ。「チャンネル同士が融けあい、ひとつの拡大版番組に凝結している。その番組が何のテーマを扱っているかは、非常勤小児科医ならば、誰でもすぐにわかるだろう。それは、放浪する子供、子供が外にいてはいけないような夜ふけに家の外にいる子供、家から遠すぎる場所にいる子供、移住する子供、遠征する子供、植民地に赴く子供、難民になった子供、離散させられた子供、拷問され捨てられた子供、命がけで逃亡している子供」(一六三頁)。この場面は、ミザナビーム(象嵌)、つまり、テクストの中に嵌め込まれた、テクストのミニチュア版レプリカといえる。というのも、『さまよえる魂作戦』という作品それ自体が、民話や、歴史、最近起きた事件の中から、子供の受難の場面を集めて来たものだからだ。

ずらりと並んだテレビ・モニターは、『さまよえる魂作戦』の中に嵌め込まれた、数ある『さまよえる魂作戦』ミニチュア・モデルのひとつにすぎない。同じ場面で、クラフトは、ビデオカメラを手に取り、レンズをモニターに向けて、「『回帰』というものの、すべてを飲み込む地獄の大口。その輪郭を、イメージ・マップにしてみる」(一六三頁)。この比喩が見逃されぬよう、パワーズはこれを、学校の運動場が襲撃された事件のあとに、子供たちが緊急治療室で手当を受けている場面でもくり返す。「ミニ・カムがこの緊急治療室に入って来て、室内をパンし、医療用モニターにレンズを向け、ビデオ的退行のシロウサギの穴に落ちて消えるのを、彼らはずっと見ている」(三三六頁)。

「『回帰』というものの、すべてを飲み込む地獄の大口」は、ストーリーの中にストーリーが嵌め込まれるこの作品においては、その構造を貫くルールを要約した、重要な基本概念である。『さまよえる魂作戦』の構造をあらわす有力なメタファーには、「アンソロジー」あるいは「本のコレクション」がある。この作品の構造は、『三人の農夫』や『黄金虫』のように、線形状のナラティブをいわば対位法的に組み合わせた構造とも、『囚人のジレンマ』のように複数のナラティブを入れ子状に重ねた構造とも異なっている。『さまよえる魂作戦』のプロットは、平行する第二、第三のプロットと並置されてはいない。むしろ、テーマ的に関係のあるストーリーによって、定期的に中断されるのであり、そのように割り込んでくるストーリーは、プロットの中に埋め込まれるのであって、プロットと織り合わされるのではない。

そのような構造に我々がはじめて出会うのは、この作品の第三セクションである。ここは、イギリス人の子供たちが第二次世界大戦中に、ロンドンから一斉退避させられた事件についての、短いストーリーだ。しかしこのナラティブは突然、全く関係のないストーリーによって中断される。ところがその中断のあとを受けるのは、「学習を深めるための質問」(四九頁)というまた別のセクションだ。その二六〇ページ後に、読者は、さきほどの第二次世界大戦のストーリーは、ラオス出身の移民少女、ジョイ・ステパニーヴォンの持っていた本に書いてあったものだ、と知らされる。

その他のストーリーが挿入されるときも、最初は当惑させられるが、後になってから、それはメインのナラティブのどこかで言及されていたテクストにあったものだ、ということがわかる。たとえば第六セクションには、日本の民話「吸血童子」が登場する。導入部の注に「(第五七番目の夜。日本。)」とあり、この話は、リンダ・エスペラの『一年間　まいにち　ひとつの国から　おはなしを』(七七頁)というアンソロジーからの引用であることが特定される。第九セクションなどはその全体が、難しい単語に注釈をつけた、子供むけ『ピーター・パン』だ。読者には、これが、第七セクションでクラフトがジョイに買い与えた本(一〇五頁)であることがわかる。第一一セクションは、『目覚める世界　第三部』という歴史書からの抜粋で構成されており、そこには、十六世紀のローマ略奪と、再洗礼派によるミュンスター占領の話が書いてある。ところがこの本には、クレヨラ・クレヨンであちこち絵が描いてあり、そのことによって、この本もまた、ジョイの本だ、とずっと後になってから判明する。第一三セクションの、『マンガで読む古典』による子供十字軍の物語は、明らかに、作品に数多く登場する苦しむ子供の一人、早老症患者のニコリーノ(一七二頁)が持っているマンガにあったものだ。そして、

クライマックスで、形を変えて語られる『ハーメルンの笛吹き男』(第一五セクション)も、『一年間　まいにち　ひとつの国から　おはなしを』(二一三頁)にあったものだと述べられるが、ただし、一言一句そのまま引用されてはおらず、大人の洗練された言葉遣いに直してある。

ここで重要な点が、二つある。まず一つめは、挿入テクストはどれも、メインのナラティブにあった何かが元になっている、という設定。そして二つめは、挿入テクストについての説明が、あまりに遅れて登場するので、「なぜこのテクストが、メインの語りを中断させるのか説明がつかない」と感じた第一印象がもはや修正されはしない、という点(または、挿入テクストと、その出典源とされるテクストとがあまりに異なっているため、その説明に信憑性がない、という点)だ。いずれにしても、挿入テクストのテクスト性が強調されることに変わりは

ない。つまり、挿入されたストーリーを、媒介ぬきに現実を語ったもの、と考えるのは不可能である、ということだ。

『さまよえる魂作戦』では、『黄金虫変奏曲』でもそうであったように、メインになるナラティブに対して、もうひとつの対照的なナラティブが対置されており、両者の間には、過去と現在との相互作用が見られる。第一セクションですでに読者は、クラフト自身、かつては本に出てくる子供たちの一人だったことを知る。「軍隊が生んだ、終わりなき移動」の産物として、放浪する子供。この子供時代については、作品のいろいろな箇所で触れられているが、第一七セクションと第一九セクションでは、とくに詳細に——抑圧されていたものがよみがえる、といった勢いで——描かれている。バンコクのインターナショナル・スクールの生徒だった頃、「少年は世の中を正そうとしていた」（二九〇頁）。彼はみずから提案した「サンタクロース作戦」に参加して、仲間の生徒たちと、人里離れた村に学校を建設した。その村に、ある謎めいた少女が現れ、彼らに川をわたらせ、戦闘音の聞こえる方へと先導した。しかし、その途中、彼女は地雷を踏んで死ぬ。このストーリーは、いくつかのディテールによって、作品中に登場するパラレル・ストーリーと結び付く。巡礼する子供たちについての、数あるストーリーで、リーダーになる子がいつも言うように、その少女は、「ゆくのだ、ともに！」（三〇四頁）という言葉で子供たちを先導した。この少女は、クラフトが救おうとして失敗した、もう一人のアジア人少女、ジョイ・ステパニーヴォンと融合する。また、クラフトが、ずらりと並んだテレビ・モニターの中に見た、苦しむ子供たちの様々な映像の一つ、かの有名な写真に写っている、ナパーム弾の攻撃を逃れようとする裸のベトナム人少女とも融合する。

パワーズの最初の三作を読んだ我々は、作品の終わりには必ずまた、なにか驚くべき新事実が待っているだろう、結末まで読むと、そこまでの作品の読み方を、頭から修正しなければならなくなるだろう、と待ちかまえるようになった。『さまよえる魂作戦』も、このパターンを破ってはいない。この作品では、最後のセクションになって初めて、一人称の語り手が登場する。「これは、外科医の兄が、ストーリー・テラーである弟の私に話してくれたものだ」(三五〇頁)。そのセクションの前半は、作者が様々なマスクを捨て、自分自身として登場する、という点で『囚人のジレンマ』の「カラミン」のセクションを思い起こさせる。クラフトのモデルとなった兄に、彼は原稿を読ませ、小児病棟の子供たちが『ハーメルン』の子供たちのようにどこかわからない場所に消え去ってしまうという暗いエンディングについて特にコメントを言わせている。兄の提案で、語り手はリンダのモデルとなった女性に電話するが、彼女は「ハッピー・エンド」を要望する。

「それはハッピー・エンドなの?」とリンダはたずねた。「私はハッピー・エンドがいいの。誰かが臓器を提供する、くらいのことは、少なくともやってもらわないと」。

誰かが臓器を提供する、それも、全部の臓器を。それをやるのは、あなただ(三五一頁)。

この「あなた」はショッキングだ。これまで見てきた通り、パワーズ作品のナラティヴの構造について、重要な特徴としてあげられるのは、一人称と三人称の相互関係を追求している、という点である。しかしここで、ナラティヴは二人称へと変調する。そして、二人称のまま、リンダが求めた新しい「ハッピー・エンド」が語られる。「まさかこんなに長いあいだ抑え込めるとは思ってもいなかったほど、ずっと抑え込んでいた古傷の痛みをいま思い出し、この物語を締めくくるのだ。『今夜はここまでにしておこう。もう寝なさい』」(三五一頁)。『囚人のジレンマ』の「カラミンン」の章に暗示されていた読者は、こうして、フィクションという舞台の上にのぼらされる。『さまよえる魂作戦』を構成するアンソロジーの、最後のストーリーは、フィクションのやりとりに参加する第三の存在を明らかにする。作者と主題とに、読者が加わるのだ。この三者は、ある種の三極構造をなし、たとえば『三人の農夫』における、撮影者、被写体、観賞者、という三者の関係、あるいは、そのほかのパワーズ作品にもよく見られる三角関係を、思い起こさせる。

パワーズの実践してきたナラティブを概括するには、何か適当なレッテルをそこに貼りつける、というのも、一つの手だ。「ポストモダニスト」がいいだろうか？たしかに、パワーズの遊び心やアイロニー、様々なナラティブを操ることに喜びを覚えている様子、歴史に対する鋭敏な感覚、多彩な引用ぶり、などを考えれば、彼を、現代の寓話作家の列に加えてもいいかもしれない。ところが、ここで重要なのは、パワーズには、「リアリズム作家」というレッテルもまた、それと同じくらい妥当だ、ということだ。『三人の農夫』を構成する三つのナラティブは、すべて、リアリズム小説の規範を固守している し、『囚人のジレンマ』の家族物語のプロットは、家庭を扱った古典的なリアリズム小説のものだ。また、『黄金虫変奏曲』や『さまよえる魂作戦』にも、明らかにリアリズムの要素がある。

ポストモダニズムとリアリズムの対立は、パワーズ作品に多くみられる二項対立の中でも、最も基本的なものだ。表象と語り、芸術と科学、想像力の世界と現実世界。パワーズがよく使うやり口は、リアリズム的ナラティブを、思いがけない組み合わせで利用する、というものだ。『さまよえる魂作戦』に、ロンドンから子供たちを一斉退避させる話がある。その話自体は、驚くような話ではないのだが、それが、ほかのナラティブの中の、思いがけない場所に挿入された時、驚くべき物語となるのだ。『三人の農夫』に出てくる物語も、一つ一つをとってみれば、どれもきわめて伝統的である。しかし、三つが組み合わされることで、それらの物語は、複雑で刺激的な混合体になるのだ。

パワーズのスタイルが、このように二分されていることの背後には、おそらく（『囚人のジレンマ』で見たような）、「現実逃避」と「待避」との対立があるのだ。ストーリーの中に引きこもってしまえば、現実逃避に陥る危険、厳しい問題から逃避してしまう危険をおかすことになる。しかし、逃避を再帰と組み合わせ、「戻ってくる方法が見つかるまでの間、ずっと隠れていられる場所」を探すなら、人はナラティブ・セラピーの恩恵を受けた上で、きちんと責任を果たすことになるかもしれない。

James Hurt "Narrative Powers: Richard Powers as Story-teller", *The Review of Contemporary Fiction*, Vol. 18, number 3, 1998, Dalkey Archive Press, Normal, Illinois.

（1） リチャード・パワーズ『さまよえる魂作戦』、ニューヨーク、モロー社、一九九三年（七六頁）。以下の文献は全て（ ）内に頁数を示して引用する。

（2） リチャード・パワーズ『舞踏会へ向かう三人の農夫』（邦訳三頁）。

（3） リチャード・パワーズ『囚人のジレンマ』、ニューヨーク、モロー社、一九八八年（五〇頁）。

（4） これらの場面で『デカメロン』は、『囚人のジレンマ』にとって重要な引用テクストとなっている。つまり、第二次世界大戦の惨禍が拡大するにつれ『君こそが戦争だ』制作にのめり込むようになったディズニーの行動も、自分の人生と世界観とが崩壊するにつれ「ホッブズタウン」を建設するようになったエディ・ホブソンの行動も、『デカメロン』をなぞっているのだ。

（5） 『黄金虫』の音楽的構造に関する、より精巧な分析については、ジェイ・レビンジャー「無限のメッセージを解読する——リチャード・パワーズの『黄金虫変奏曲』」、コンフィギュレイション誌 第1号（一九九五年）七九〜九三頁参照。

（6） リチャード・パワーズ『黄金虫変奏曲』、ニューヨーク、モロー社、一九九一年（一七六、一八二頁）。

（7）　ジェイムズ・ジョイス『若き芸術家の肖像』、ニューヨーク、ヴァイキング社、一九六四年（二一五頁）。

＊（訳注）　ジェイムズ・スチュアート演ずるベイリーは、生まれ育った小さな町で事業に失敗し、自殺を考える。そこに、守護天使があらわれ、ベイリーなしでは、この町がどれほど寂しくなるかを見せ、思いとどまらせる。

柴田元幸

『舞踏会へ向かう三人の農夫』小事典

凡例

一、（　）内の数字は、『舞踏会へ向かう三人の農夫』でその項目が出てくる章番号を示す。
一、**＊**は実在の人物、土地等を示す。
一、（↓）はその事項が別に独立した項目として挙げられていることを示す。

アドルフ　↓シュレック三兄弟

アドルフ　↓シュレック、アドルフ（息子）

アリシア　↓ハイネッケ、アリシア

アリソン　↓スターク、アリソン

ヴィース Wies（5、8、23）　フーベルト・シュレック（↓）のガールフレンド。男好きで、フーベルトがいつ訪ねていっても、「いつも決まって誰か新しいいいとこと相当親密な状態」（第5章）にある。その後、ペーター・シュレック（↓）とも出会い、フーベルトの失踪後、男の子を出産、ペーター・フーベルトゥス（↓）と名づける。

ヴィリ Willy（5、8、26）　フーベルト・シュレック（↓）が師と仰ぐ素人革命家。刑務所の予算獲得のために毎月定期的に逮捕される。「カーブをつけて切った板に——頭と首が収まるよう、板には切れ目が入っている——丹念に積み上げた煉瓦のピラミッドを肩に載せ……」（第5章）という、煉瓦運搬人だった若いころのヴィリの描写は、おそらくアウグスト・ザンダー（↓）が一九二八年ころに撮った写真「下働きの人夫」（『二十世紀の人間たち』［リブロポート］所収）を踏まえている。

ヴェスターヴァルト* Westerwald（2、5、11、13、20、22、23）ドイツ西部、ライン川東岸の山地。物語が始まった時点で、アドルフ、ペーター、フーベルトのシュレック三兄弟（↓）はヴェスターヴァルトにあるシュレック家の農場に住んでいる。

　アウグスト・ザンダー（↓）は一九一〇年代前半、ヴェスターヴァルトの農民の写真を数多く撮っており、「舞踏会へ向かう三人の農夫」はそのもっとも有名な一枚。「ヴェスターヴァルトの農民たちの肖像写真が一つの発端となり、そこからしだいに、はるかに大規模な記録写真集の計画がふくらんでいったのである」（ウルリヒ・ケラー「アウグスト・ザンダー――あるドイツ人の伝記」山口知三訳、アウグスト・ザンダー『二十世紀の人間たち』所収）。

エジソン、トマス* Thomas Edison（1、6、10、24）アメリカ最大の発明家の一人（一八四七―一九三一）。ヘンリー・フォード（↓）は若いころエジソンの会社で働いていたし、その後も二人は親しい友人だったが、平和船『オスカル二世』（↓）への同行をフォードが求めると、エジソンは「ふだん以上の難聴を装った」（第10章）。

オスカル二世* *the Oscar II*（10、21、22、23）ヘンリー・フォードが一九一五年にチャーターした船で、フォードはこれを「平和船」と称し、大戦終結を実現させるべくヨーロッパに渡った。

キャロライン　→ブリンク、キャロライン

キンダー、ヤン Jan Kinder　アドルフ・シュレック（↓）とペーター・シュレック（↓）の実父。ドイツ人の妻とのあいだにアドルフをもうけたのち、オランダ人女性とのあいだにペーターをもうけた。

クラカウ、アルカディ Krakow, Arkady（12、15、21、27）古きよきウィーンを知る老人で、「トレーディング・フロア」（↓）の常連。アリソン・スターク（↓）のことを、自分の「若く美しき妻」（第21章）だと勘違いしているらしい。

グリーン、キンバリー Kimberly Greene（12、15、18、24）サラ・ベルナール（↓）、エミリー・ディキンソン、マリー・キュリー、イサドラ・ダンカン等々に扮する一人芝居『私は可能性に住む』を演じる女優。アリソン・スターク（↓）と一緒にグリーンの舞台を見に行ったピーター・メイズ（↓）は、背景写真の一枚のなかに、自分がヘンリー・フォード（↓）と並んで立っている姿を目にする。

コムリア ↓デプレ、コムリア

ザンダー、アウグスト* August Sander（1、2、4、7、10、11、13、16、19、22、25、26）ドイツの写真家（一八七六—一九六四）。『舞踏会へ向かう三人の農夫』は、ザンダーが一九一四年に撮影した一枚の写真から着想を得ている。第1章でまずP（↓）がこの写真と出会ったあと、第2章では、写真に写った三人の農夫がいわば生身の人間となって動き出し、ザンダー自身も、自転車に乗った風変わりな写真師として登場する。

　第4章で紹介されている『二十世紀の人間たち』は、当時のドイツの全階層の人々を網羅的に収めようとした未完の大作。「彼が撮ろうとする対象《もの》は、ドイツ社会の全ての階層と職業に属している代表的人々であって、その意味でドイツ社会とそこに所属する全ての人々、つまりドイツ人社会全体であった。それを体系的に分類・統合しようとするのが彼の方針であった。それは、現代都市が生んだ『裂け目』への注目というべきものではない。むしろドイツ社会全体を構成する代表的社会人への大規模な『社会アルバム』とも言うべきものであって、『裂け目』に満ちた現代が産んだ『写真芸術』ではあり得ない。その底を貫いている『全体』へのこだわり・集合的体系性への執着はドイツ的『伝統』とのつながりを連想させる」と藤田省三は的確に、やや批判的に書いている（『「写真と社会」小史』みすず書房）。パワーズが着目したのは、まさにそのような壮大な時代錯誤がザンダーにもたらした悲惨と、その裏返しの栄光だと言えるだろう。

「ジャックの母親は豆を喜んでいない」 *De moeder van Jan is niet tevreden met de boonen*（11、17）アドルフ・シュレック（↓）がコムリア・デプレ（↓）から没収した写真に付されていた言葉。逃亡して撃たれたアドルフは、絶命前の数分間、この科白をくり返し口にする。

ジャリ、アルフレッド* Alfred Jarry（13） フランスの劇作家（一八七三―一九〇七）。一八九六年、Merdre（クソッタレェ）の一語ではじまる戯曲『ユビュ王』で一大スキャンダルを巻き起こす。同時代人とはいえ、美貌と美声で売ったサル・ベルナール（↓）とは一見似ても似つかないが、パワーズはジャリをベルナール流の有名人崇拝を転倒させた存在として捉え、むしろ両者の通底関係を強調している。「ジャリをはじめとする（……）『前衛』は（……）反ブルジョワというよりはむしろ、ブルジョワを不条理なまでに推し進めてみせたのである。（……）ジャリは単に、機械的複製によってもたらされる親近感の裏面を強調したにすぎない」（第13章）。

シュレック三兄弟 Adolphe, Peter and Hubert Schreck（2、5、8、11、14、17、20、22、23、26） 三人の農夫を写したザンダーの写真を小説化するにあたって、パワーズは彼らに名を与えた。向かって右側、やや古風で勤勉そうな男はアドルフ、中央、ダンディでやや皮肉っぽそうな男はペーター、左側、もじゃもじゃ頭でくわえ煙草の男はフーベルト。物語のはじまってまもなく、三人とも戸籍上は兄弟となり、ヴェスターヴァルト（↓）の農夫シュレックを父、アドルフの実母を母として一緒に住んでいる。

アドルフはドイツ生まれのドイツ育ちで、実父は故ヤン・キンダー（↓）。ヤンはアドルフが生まれたあと妻を捨ててオランダ人女性の元に走り、息子ペーターをもうけた（したがってアドルフとペーターは異母兄弟）。一方妻は、ヤンに去られたのち農夫シュレックと再婚。そしてヤンの死後、ペーターの母親からペーターを押しつけられる。

フーベルトの父親は不明。母親はオランダ人。母はフーベルトにミヌイットという姓を与えたのち、彼をペーターの母親に押しつけた。ペーターの母親は、ペーターをヤンの元妻に押しつけた際、いわば「おまけ」にフーベルトを押しつけた。こうしてシュレック三兄弟が誕生した。

シュレック、アドルフ［息子］Adolphe Schreck（23）アドルフ・シュレック（↓）と、その妻アリシア（↓）との息子。いとこにあたるペーター・フーベルトゥス（↓）の発作を直そうと、麻酔なしで頭蓋骨に穴を空けペンナイフで手術を敢行する。罰としてサディスティックな将校によって残酷な刑に処されるが（生き埋めにして一分後に掘り出す、銃殺だといってピストルを首につきつけ別のピストルを発砲する等々）、イチゴ色のモップ頭の女性の幻影に救われる。

シュレック、ミセス Mrs. Schreck（7、10、13、16、19、22、25）P（↓）が勤めているオフィスで掃除婦をしている高齢の移民女性。三人の農夫の写真を半世紀持ちつづけている。フーベルト・シュレック（↓）がマーストリヒト（↓）で会っていた娘ヴィース（↓）と共通する点が少なくない。

スターク、アリソン Alison Stark（12、15、18、21、27）「トレーディング・フロア」（↓）のウェイトレス。一見、店にふさわしくおそろしく古風な雰囲気だが、実は快活で現代的な女性。ピーター・メイズ（↓）とともにキンバリー・グリーン（↓）の舞台を見に行く。アルカディ・クラカウ（↓）の死後、遺産を相続。

第一次世界大戦* World War I（2を除く全章） いうまでもなく、「第一次世界大戦」という呼称（World War I あるいは the First World War）は、第二次世界大戦が起きたのちに生まれたものである。当時は単に「大戦争」（the Great War）、また連合国側のスローガンとしては「あらゆる戦争を終わらせるための戦争」（the war to end all wars）と呼ばれた。

『舞踏会へ向かう三人の農夫』でも述べられているように、当初、戦争はあっというまに終わると考えら

れていた。ヨーロッパ諸国は経済的な相互依存の度合を深めていたし、軍事テクノロジーも発達しているからしかるべきペースで死者が出つづければ一月足らずで両側の兵力が全滅してしまう計算だったのである。一九一四年夏、兵士たちはクリスマスまでの帰還を信じて戦場に出ていった。が、戦争は誰も予想しなかった塹壕戦に変わっていき、長期消耗戦の様相を呈していった。

パワーズにとって、第一次大戦の大きなポイントは、全面性という要素である。「給料を支払われている兵士たちのみならず、すべての市民が一人残らず、かつて想像もされたことのない形で、そして以後二度と逃れられなくなった形で、戦争の直接の参加者になった。空襲から旅客船沈没まで、さらには経済戦線に至るまで、戦争の全面性はいまや個人一人ひとりを巻き込ん

でいた」（第7章）。写真によって誰もが作者になれるようになったこと、自動車によって誰もが自由に移動できるようになったこと、といった「大衆化」はパワーズにとって二十世紀の重要な側面だが、こうした戦争の全面性は、そのもっとも悪夢的な表われと言えるだろう。

ダグ　→ディレイニー、ダグ

ダンヌンツィオ、ガブリエーレ* Gabriele D'Annunzio（13）　イタリアの詩人・軍人（一八六三―一九三八）。『舞踏会へ向かう三人の農夫』とダンヌンツィオの軌跡が交叉するのは、彼がサラ・ベルナール（↓）と親交があったという点と、詩人から出発しナショナリズムに傾倒していったその経歴において。「詩人が活動家になり活動家がファシストになるとき、我々はこの世紀の核心にたどり着く」（第13章）。

ディレイニー、ダグ Doug Delaney（3、6、9、12、18、27）『マイクロ・マンスリー・ニューズ』（↓）編集部でのピーター・メイズ（↓）の同僚。他人の仕事を邪魔してばかりのお調子者。

テオ　→ランゲルソン、テオ

デトロイト* Detroit（1、4、7、10、16、21、22、24、25）　アメリカ、ミシガン州の都市。P（↓）はデトロイトの美術館でアウグスト・ザンダー（↓）の写真と出会う。また、ピーター・メイズ（↓）が「遺産」を相続しに赴くフォード社もデトロイトにある。

デプレ、コムリア Cornelia Despres（11、17）　プチ・ロワ（↓）の町で、禁制の武器を探して民家を巡回するなかでアドルフ・シュレック（↓）が出会う娘。アドルフは彼女に欲望を抱くが、結局、ジャックと豆の木を演じている二人の人物の写真――そのうちの一人の女優にはたしかに見覚えがある――を彼女から奪うだけにとどまる。

「トレーディング・フロア」 The Trading Floor（12、15、18、21、27）ボストン（↓）郊外にある、一九二〇年代の雰囲気を模したレストラン。ピーター・メイズ（↓）はここでアリソン・スターク（↓）と出会う。

「仲間を助けよ」* "Help the Other Fellow"（16、24、27）ヘンリー・フォード（↓）が一九一七年、リンカーン像の代わりに自身の肖像を入れて作らせた偽一セント貨に刻ませた言葉（本物に刻まれた言葉は "In God We Trust"［我等神を信ず］）。フォードはこれを贈答用に百万枚作る予定だったが、アメリカの第一次大戦参戦が決まったため、ごく少数作っただけで中止。

ニジンスキー、ワスラフ* Vaslav Nijinsky（4、12、13、18）ポーランド系ロシアの舞踊家（一八九〇―一九五〇）。天才ダンサーとして一九一〇年代前半にパリで一世を風靡、人生後半は長年にわたり精神病を患っていた。ピーター・メイズ（↓）はパレードで見た赤毛の女性がクラリネットを持っていたと信じ込むが、実はその隣の、ニジンスキーに扮した人物が、『牧神の午後』のサチュロスの牧笛代わりにオーボエを持っていたのを見間違えた可能性もある。

ハイネッケ、アリシア Alicia Heinecke（2、5、8、11、16、17、26）三人の農夫が向かった先の舞踏会で、惜しくも「五月の女王」になりそこねた村の娘。妊娠したと偽って、アドルフ・シュレック（↓）に結婚を承諾させる。アドルフの死後に息子を出産、父と同じくアドルフ（↓）と命名。

ハシェク、ヤロスラフ* Jaroslav Hašek（2、7、14、25）チェコスロバキアの小説家。気のいい一兵士の立場から第一次大戦を描いた未完の長篇『兵士シュヴェイクの冒険』（一九二一―二三）が何度か引用される。

PP.（1、4、7、10、13、16、19、22、25）第1、4、7……25章の語り手「私」の名は最後まで明かされないが、一度だけ姓のイニシャルが「P」であることが明かされる（第16章）。パワーズ？ イコールで結ぶ必要はまったくないが、いわば思考レベルの狂言回しともいうべき人物でもあり、作者にもっとも近い存在とひとまずみなしてよいと思われる。

ピーター →メイズ、ピーター

フーベルト →シュレック三兄弟

フォード、ヘンリー* Henry Ford（1、7、10、13、15、16、18、20、21、22、23、24、25、27）アメリカの自動車王（一八六三―一九四七）。奇怪な逸話には事欠かない人物であるが、『舞踏会へ向かう三人の農夫』で特に重要なのは、第一次大戦中、戦争がなかなか終わらないことに業を煮やし、「平和船」を組織して話し合いで戦争を終わらせようとヨーロッパに渡ったエピソード。

高等教育を受けずに独学で才能を発揮した、機械に関してはいち早く二十世紀的で世界観についてはむしろ十九世紀的、等々パワーズはフォードとザンダー（↓）とのあいだにいくつかの共通点を見ている。

「フォードがわが家を助けてくれてたらねえ」“What Ford might have done for my family”（18） ピーター・メイズ（↓）の母親の口癖。キンバリー・グリーン（↓）の舞台で見た写真と、この口癖とがきっかけとなって、メイズは自分とフォードとのつながりを「解明」する。

プチ・ロワ Petit Roi（11、17） ドイツ軍によって占領されたベルギーの町。ドイツ軍によってケーニゲンと改名される。アドレフ・シュレック（↓）は、前線からここへ送られ、町民を統率する任を担わされる。占領軍に対する反乱に対し、町民の二十人に一人がランダムに選ばれて射殺されるというエピソード（第17章）は、パワーズの強調する、第一次世界大戦（↓）の「全面性」の典型的な表われ方と言える。

ブリンク、キャロライン Caroline Brink（3、6、9、12、18、24、27） ピーター・メイズ（↓）の勤務する『マイクロ・マンスリー・ニューズ』編集長。アイザック・スターンと言われても、ヴァイオリニストではなく低伝導リレーの発明者を思い浮かべる仕事の虫。

プルースト、マルセル＊ Marcel Proust（エピグラフ、7、13、15） フランスの作家（一八七一—一九二二）。大作

『失われた時を求めて』（一九一三—二七）がエピグラフと、十五章の巻頭句に引用されている。特に、エピグラフに使われた一節（『失われた時を求めて』第六篇「逃げさる女」から）の「すべては最初の間違いからはじまる」という趣旨は、『舞踏会へ向かう三人の農夫』全体を貫くモチーフになっている。

ブルック、ルパート＊ Rupert Brooke（11、23、26） イギリスの詩人（一八八七—一九一五）。詩集『一九一四年』（一九一五）で「戦争詩人」とたたえられ、戦争初期に愛国的感情を高める上で貢献したが、パワーズが第26章で引いている「安全」という詩などを見ると（「そしてもしこの哀れな手足が死ぬなら、もう何にも増して安全」）、単に戦争を肯定をしただけの詩人でないことはよくわかる。戦争に対する懐疑と幻滅は、ブ

ルックのあとに続いて出てきた、第5章で引用されているウィルフレッド・オーエン（Wilfred Owen 一八九三―一九一八）の詩（「娘たちの額の青白さが 彼らの棺を覆う布となるだろう……」）にいっそう明らか。

ブロック、レニー Lenny Bullock（6、9、12、18、24） キャロライン・ブリンク（↓）のパートナー。株式のブローカーで、ピーター・メイズ（↓）に怪しげな株を売り込みつつ、ピーターがパレードで見た赤毛の「正体」を明かしてくれる。

『兵士シュヴェイクの冒険』* ↓ハシェク

ペーター ↓シュレック三兄弟

ペーター・フーベルトゥス Peter Hubertus（23） 正式には、ペーター・フーベルトゥス・キンダー・シュレック・ランゲルソン・ファン・マーストリヒト。フーベルト・シュレック（↓）のガールフレンドだったヴィース（↓）が一九一四年に生んだ息子。父親は不明。神経障害を抱え、失神の発作を時々起こす。その後獄中で、ひとつの町の歴史をまるごと想像する。第二次大戦後、娘夫婦に連れられてアメリカに渡るが、アメリカでふたたび、戦前に一家でアメリカに渡ってきたところからはじまるもうひとつの家族史を想像し、その想像のなかで「ピーター・メイズ」と名を変える。

ペギー、シャルル* Charles Peguy フランスの詩人・思想家（一八七三―一九一四）。社会主義者としてドレフュス事件でドレフュス擁護に活躍、のちカトリックに改宗し、神秘主義色を強める。「世界はこの三十年間でイエスの死からそれまでよりも大きく変わった」というペギーの一九一三年の発言に基づいて、パワーズは第7章で、「システムの変化の速度がある数値に達した結果、システムの土台自体が――システムが変化する能力が――変化する」〈引き金点〉という発想を提唱している。

ベルナール、サラ* Sarah Bernhardt（9、11、12、13、15、16、17、18、25） フランスの女優（一八四四―一九二三）。イチゴ色のモップ頭、「黄金の声」と謳われた美声、猛獣を飼い棺のなかで眠るなどさまざまな奇行で知られ、「神々しきサラ」と人々から崇められた。『舞踏会へ向かう三人の農夫』では、彼女自身、あるいは彼女を思わせる人物が、三つの物語を縦横無尽に行き来する。

ベンヤミン、ヴァルター* Walter Benjamin（4、10、19） その有名な論文「複製技術時代の芸術」（高木久雄・高原宏平訳、『複製技術時代の芸術』〔晶文社〕所収）にはパワーズもかなり依拠しており、第19章で展開される写真・映画論でも何度か引用している。

ボストン* Boston（3、4、6、7、9、10、12、15、16、18、22） アメリカ、マサチューセッツ州の州都。P（↓）の物語と、ピーター・メイズ（↓）の物語の主たる舞台。

マーストリヒト* Maastricht（5、8、14、20、23） ヴェスターヴァルト（↓）に移ってシュレック姓を名乗るようになる以前、ペーター（↓）とフーベルト（↓）が住んでいた南オランダの町。シュレックとなったあとも二人はたびたびここへ戻り、ペーターは煙草屋の未亡人とよろしくやり、フーベルトは警官の娘ヴィース（↓）か、素人革命家ヴィリ（↓）のどちらかに会っている。

『マイクロ・マンスリー・ニューズ』 *The Micro Monthly*

News（3、6、9、12、18、21、24、27）ピーター・メイズ（↓）が勤務している、マイクロチップ関係の業界誌。『マイクロ・ニューズ』『マンスリー・マイクロ』ときわめて微妙なバランスを保った競合関係にある。

ミセス・シュレック　↓シュレック、ミセス

メイズ、ピーター Peter Mays（3、6、9、12、15、18、21、24、27）『マイクロ・マンスリー・ニューズ』（↓）の編集者。ビルの八階から、パレードのなかの赤毛の女性を見そめ、彼女を探そうと苦心惨憺する。アウグスト・ザンダー（↓）の「三人の農夫」の真ん中の人物と何らかの関係がある可能性がある。

モーズリー Moseley（3、6、9、12、18、27）『マイクロ・マンスリー・ニューズ』（↓）編集部でのピーター・メイズ（↓）の同僚。鉢植えで自分の机のまわりを囲み、デジタル誕生以前のアナログ的知識を使って「ノイズ真空」設計に取り組んでいる。

ランゲルソン、テオ Theo Langerson（14、18、20、21、23、24、25、27）ピーター・シュレック（↓）が飲み屋「匙亭」で知りあった新聞記者。ピーターと身分を交換し、彼に替わって煙草屋の未亡人の相手になる。

リベラ、ディエゴ* Diego Rivera（1、16）メキシコの画家（一八八六—一九五七）。ヘンリー・フォード（↓）の息子エドセルの依頼を受けて、デトロイト（↓）の街をたたえる壁画を製作。革命的思想の持ち主でありながら、リベラはフォードの活力と創造力を崇拝していた。「ヘンリー・フォードが資本家で、世界で有数の富豪の一人であったことは残念に思っています。（……）一冊の本を書き、その中で私が見たままのへ

ンリー・フォードを、いかにあの人が詩人であり、芸術家であり、その時代の最大の人物の一人であるかを示したかったぐらいです」（ディエゴ・リベラ『わが芸術、わが人生』、ル・クレジオ『ディエゴとフリーダ』〔望月芳郎訳、新潮社〕に引用）。
　リベラはロックフェラーにも依頼を受け、ニューヨークのロックフェラー・センターのＲＣＡビルの壁画を制作したが、レーニンの顔を描き入れたため解雇され、壁画も塗りつぶされた。

ルシタニア号* *the Lusitania*（9、10、23）　一九一五年五月、ドイツの潜水艦に沈められたイギリスの客船。この事件が、アメリカが第一次世界大戦に参戦するひとつの契機となった。『舞踏会へ向かう三人の農夫』でも再三言及される。

レニー　→ブロック、レニー

リチャード・パワーズ全作品案内

『舞踏会へ向かう三人の農夫』

Three Farmers on Their Way to a Dance (1985)

柴田　元幸

一九八五年に刊行されたパワーズのデビュー作『舞踏会へ向かう三人の農夫』は、三つの物語が交互に語られ、全部で二十七章から成っている。第一、四、七……二十五章は現代アメリカが舞台で、技術関係の仕事をしている「私」が一人称で語る物語であり、基本的には、アウグスト・ザンダーが一九一四年に撮った三人の農夫の写真に「私」がどうかかわっていくかをめぐる話である。第二、五、八……二十六章は第一次大戦当時のヨーロッパを舞台に、まさにそのザンダーの写真に写った三人が名を与えられ、動き、生きる物語である。そして第三、六、九……二十七章はやはり現代アメリカを舞台として、マイクロチップの業界誌の編集者ピーター・メイズが、パレードで一目見た謎の美女を探し求めることから物語がはじまる。

以下、ごく簡単に、各章で起きることを紹介すると——

一　「私」がデトロイトで、三人の農夫の写真に出会う。

二　三人の農夫が、舞踏会へ向かう道すがら、奇妙な写真師に出会う。

三　ピーター・メイズが、オフィスから、赤毛の女性を目にす

135　POWERS BOOK

る。

四　『二十世紀の人間たち』を中心とするアウグスト・ザンダーの仕事の意義を「私」が論じる。

五　三人の農夫の関係。アドルフとペーターは異母兄弟であり、アドルフはドイツのヴェスターヴァルト育ち、ペーターとフーベルトはオランダのマーストリヒト育ち。現在は三人ともアドルフの養父ヤン・キンダーを父とし、戸籍上は兄弟となってドイツに住んでいる。ペーターとフーベルトはいまもしばしばマーストリヒトに出かけ、ペーターは煙草屋の未亡人とよろしくやり、フーベルトはガールフレンドのヴィースか、老いた革命家ヴィルと会っている。

六　ピーター・メイズの勤務する『マイクロ・マンスリー・ニューズ』と、『マンスリー・マイクロ』『マンスリー・ニューズ』との競合関係。

七　一九一三年、シャルル・ペギーが述べた、「世界はこの三十年間でイエスの死からそれまでよりも大きく変わった」という発言をふまえた、加速する文化、とその果てにある逆説的静止、という視点から「私」が展開する二十世紀論。

八　行方知れずになったフーベルトを探して、ペーターに会いに行くヴィース。煙草屋での恋愛遊戯。

九　赤毛のクラリネット吹きに関する情報を求めて、上司のボーイフレンドに会いに行くピーター。

十　ヘンリー・フォードが「平和船」によって第一次大戦をやめさせようとしたエピソード。

十一　入隊後、ドイツ軍が占領したベルギーの町プチ・ロワに配属されたアドルフ。

十二　謎の赤毛女性が、サラ・ベルナールに扮した一人芝居女優であることが判明する。一九一〇年代当時の雰囲気を模したレストラン〈トレーディング・フロア〉でのやりとり。

十三　サラ・ベルナール伝説と、ベルナール的有名人像をいわば転倒させたアルフレッド・ジャリをめぐる考察。

十四　太ったバイエルン人二人がペーターを徴兵しに来る。近所の飲み屋に避難したペーターは、新聞記者テオ・ランゲルソンと身分を交換し、戦場を逃れるために戦場に赴くことにする。

十五　〈トレーディング・フロア〉のウェイトレス、アリソンを誘って、ピーター・メイズは一人芝居女優キンバリー・グリーンの舞台を見に行く。ステージの背景写真の一枚に、ヘンリー・フォードと並んで自分が写っているのを見て凍りつくピーター。

十六　過去と現在との関係に関する考察。「知る」ことと「かかわり合う」ことの不可分性。

十七　プチ・ロワの町民たちの反乱、それに続く処刑。ロシア軍の無線を傍受したと上官に主張するアドルフ。

十八　子供のころ母親がよく「フォードがわが家を助けてくれたらねえ」と言っていたのを思い出し、シカゴの実家に帰るピーター。三人の農夫の写真や、〈ランゲルソン殿〉と宛てられた手紙が屋根裏から見つかる。

十九　ベンヤミンを踏まえた写真論・映画論。ここでも、「知る」ことに必然的に「編集作業」が伴うという指摘。「我々はフィルム上の出来事に反応しているのではなく、自分の心のなかにおいて同時進行で編集している千のリールに反応しているのだ。言い換えれば、我々自身の希望と恐怖から成る映画に我々は反応している」。

二十　戦地の報道に没頭していくペーター＝ランゲルソン。死体の写真をオランダに送ろうとして検閲に拒否される。地下墓地に居ついた奇妙な芸術家集団と知りあう。

二十一　フォード社から二十五万ドルを受け取る権利が自分にあるらしいことを知り、アリソンに求婚し、デトロイトに赴くピーター。

二十二　雪の降りしきる日、三人の農夫の写真を半世紀以上所有してきた移民の女性ミセス・シュレックのアパートを訪ねる「私」。

二十三　「平和船」でヨーロッパに着き、記者会見で人々を唖然とさせるフォード。一人だけ、フォードと自動車談義をしたがった記者。三人の農夫の息子世代の、いとこ同士（ヴィースの息子ペーター・フーベルトゥスと、アドルフの息子アドルフ二世）の、第二次大戦中における出会い。奇妙な拷問を受けるなか、赤毛の女性の幻影を見るアドルフ二世。獄中で、ひとつの町の歴史をまるごと創り出すペーター・フーベルトゥス。

二十四　ピーターと、フォード社広報係とのやりとり。贋金と利息の複雑なからくり。

二十五　写真における撮影者、被写体、鑑賞者の共犯関係。「誰かがじかに共謀すること、誰かが通訳となり敵側協力者となることによってのみ、過去に隠された生存のコードを我々は拡張することができる。眼を喜ばせる形には行動の処方箋が書き込まれている」。

二十六　いよいよ写真機に向かうアドルフ、ペーター、フーベルト。彼ら三人の農夫が、写真屋のすぐ向こうに見たものは……。

二十七　『マイクロ・マンスリー・ニューズ』の職場に復帰するピーター。机の上には、フォードの顔を刻んだ一セント貨と、三人の農夫の写真が。

こうした要約からもある程度見当がつくと思うが、「私」をめぐる物語は、小説というよりも論考に近く、一枚の写真、過去の歴史、あるいはこの『舞踏会へ向かう三人の農夫の歴史』、等々の対象に我々がどう接したらよいのか、その手がかりを提供していると見ることができる。とはいえ、それが決して教条主義的にならないのは、「私」がはじめからレディメイドの答えを持っているわけではなく、対象と向き合い、思考を重ねていきながら、ひとまず答えといえるようなものにたどりつくプロセスが――それも時にきわめて個人的なプロセスが――実演されているからだろう。「午後遅く、三人の男がぬかるんだ道を歩いていて、二人は明らかに若く、一人は年齢不詳。あの機械的複製がよみがえってくると、父が出てくる夢でいつも感じさせられる、自分の怠慢を恥じる思いが湧いてきた。それらの夢のなかで、私が二十一歳のときに癌に屈した父は私の枕元にやって来てベッドに腰かけ、こう言っている――『お前、わしのことを忘れたのか？　わしのこと、死人だとでも思ってるのか？』。右肩ごしにこっちを見ている農夫たちは、それと同じ罪について私を責めている」。

これに対し、アドルフ、ペーター、フーベルトと名づけられた三人の農夫をめぐる物語は、もっとも小説らしい、生き生きした細部に満ちた部分である。これらの章を読みながら、読者はおそらく、この本の巻頭に添えられた、アウグスト・ザンダーの写真を何度も何度も見直すことになるだろう。そして読み終えたときには、この写真の見方が――そもそも写真というものの見方が――まったく変わっているかもしれない。

パワーズの卓抜なギャグのセンスは作品全般にわたって存分に発揮されているが、これら三人の農夫の章ではとりわけドタバタ感覚が生きている。

そこで、ヨーロッパ中央からやってきた双子の巨石は、要点を伝えるべくパントマイムに訴えることにした。まず一方が太い指を一本、未亡人の胸につきつけ、首をノーと横に振って、女を探しているのではないことを伝える。未亡人はこれを、自分の乳房が何らかの形で彼らの感情を害したのだと受けとめた。それはおあいにくさま、と彼女は答えを返した。と、もう一方の男が鼻の下に指を一本持っていて髭を示唆し、それによって成年男子という意味を伝えた。もっともペーターは、髭の生えないという点では赤ん坊と同等である。しかし未亡人はこうした食い違いにとまどうところまでたどり着かなかった。彼女はすでに、このパントマイムの意味を、彼女なりに解読してしまっていたのである。これら見知らぬ二人の男は、彼女の乳房にアレルギー反応を示しているのだ。

やがて一方のドイツ人が、丸い体を転がすようにしてカウンターのなかに入ってきた。さては金を奪っていく気か、と未亡人はとっさにあわてたが、男たちはそこで、明らかに彼ら自身とペーターとの会話とおぼしきものをマイムでやり出した。ペーターを演じている方が何か一言述べ、それに対しもう一方が強く異議を唱える。そして後者はペーターの代役の手首をピシャリと叩き、彼を引っぱって立ち去るふりをした。それから、万国共通、誰にでもわかる、射殺のジェスチャーをしてみせた。

（第十四章）

The twin Central European megaliths took to pantomime to make their point. First, one of them pointed a thick finger at the widow's breast and shook his head no, to indicate they were not looking for a woman. The widow thought her tits had offended them in some way. Too bad, she responded. Then the other fellow held his finger under his nose, symbolizing moustaches and, thereby, manhood. Now Peter could no more grow a moustache than could an infant. The widow had no opportunity to be confused by this, however, as she had already pieced together the conclusion that the two strangers were allergic to her breasts.

One German rolled his way behind the cash counter. The widow, in a fit, thought he meant to rob the till. Instead, the men began miming a dialogue between what was now clearly themselves and Peter. The one playing Peter made a comment that the other objected to strongly. The latter clapped the surrogate shopkeeper by the wrist and made a show of dragging him off. Then he made the universally familiar and recognizable gesture of shooting.

これら二つの、物語とメタ物語を組み合わせるところまでは多くの作家がやりそうなことだが、これに加えてもうひとつ、アウグスト・ザンダーの写真とは直接関係のない物語をつけ加えて、それも残り二つ両方とオーバーラップするようにしているところに、パワーズの意欲的な構成力が見てとれる。やや思索に流れがちな「私」の物語とのバランスをとる意味でも、ピーター・メイズのコミカルな探求物語は大変効果的である。鉢植えで自分の仕事スペースを囲み、アナログ世代の知識でデジタル商品の業界誌を編集しているモーズリー、仕事をするよりも仲間の仕事を邪魔することにはるかに熱心な道化者ディレイニー、など職場での脇役たちの人物造形も楽しいし、シカゴで毎日、息子が帰ってくるのを待って暮らすピーターの母親も愛すべきキャラクターである。

――「フォードがわが家のために」？　もうずっと前から言ってるね。あたしの母さんから教わったんだよ、遺産にもらったんだ。よかったらあんたも使っていいよ。特許じゃないから。

――ありがとう。でもさ、母さんの母さんはどういうふうにそれを言いはじめたのかな？「無から」なんて言わないでよ。絶対どこかで覚えたにちがいないんだから。

――忘れちゃったねえ。大昔のはなしだからね、ぺーチェ。

――考えてよ。大事なことなんだ。ほんとだよ。

――どうしたんだい？　お金が要るのかい？　要るんなら家具を売るよ。あたしに家具なんかあってどうするかね？

――そういうことじゃないんだよ、母さん。

――住むところが要るのかい？　だったらここで暮らしなよ。

――大の男が母親と一緒に暮らすなんて不健康だよ。

――健康？　何の話だい？　あんたあたしに結核でもうつそうってのかい？　あたしに健康なんかあってどうするかね？

　敬虔なカトリック教徒であり、時には幼子キリスト崇拝に熱を上げたりするものの、両親ともども英語を教わったユダヤ人家庭教師の影響で、メイズ夫人の構文はイディッシュ風の色合いを帯びていた。聡明な女性ではあるが、教育程度は高くない。その喋り方のもうひとつ大きな影響源はタブロイド新聞で、彼女は毎週それを信心にも似た熱意で熟読し、医学の進歩に関する記事はとりわけ貪るように読んだ。そんなわけで、ふだんはまっとうな、アングロサクソン的語彙が、時おり毒々しい多音節の専門語《テクノバブル》に堕し、「圧電性の《ピエイゾエレクトリック》」「多価《マルテイヴアレンス》」といったぎょっとするような言葉が飛び出してきた。そして彼女は、話す以上に書いた。郵便を生き甲斐とし、息子の手紙一通に対し二十

141　POWERS BOOK

通は送ってよこした。

——"What Ford might have done"? I've been saying that for years. I got it from my mother, took it over as my birthright. You can use it if you want — no patent.

— Right, Mom. But tell me how your mother got started saying it. And don't say "thin air." She had to get it someplace.

— I forget. That's ancient history, Petje.

— Think. It's important. Believe me.

— What's the matter? You need money? I'll sell the furniture. What do I want for furniture?

— That's not the point, Mom.

— You need a place to stay? You come live here.

— It's not healthy for a grown man to live with his mother.

— What health? You're going to give me tuberculosis? What do I need for health?

Although devoutly Catholic and even an occasional Infant cultist, Mrs. Mays took a Yiddish syntax from the tutor who had taught her and her parents English. She was intelligent, but not highly educated. The other leading influence on her speech, the tabloid press, she scoured religiously each week, particularly for articles about the new advances of medical science. As such, her good, Anglo-Saxon word-hoard lapsed at times into purple, polysyllabic technobabble, a startling "piezoelectric" or "multivalence." She wrote more than she spoke. She lived for mail, sending twenty letters to her son's one.

（第十八章）

驚異的な博識、軽快な言語的フットワーク、大きなパースペクティブのなかに対象を据えて考える能力、そして何よりも、写真であれ歴史であれ小説であれ、対象の「意味」は対象それ自体にあるのでもなければ見る者の主観のなかにあるのでもなく、両者の〈あいだ〉に刻々生起するものなのだという認識。第一作とはいえ、ここに作家パワーズの主たる魅力はすでに全開していると言ってよい。これを書いたとき、パワーズがまだ二十代なかばだったというのは、何度考えても驚かされる。

『囚人のジレンマ』 *Prisoner's Dilemma*（1988）

若島　正

こういう大まかな言い方が許されるなら、『囚人のジレンマ』は超大作『黄金虫変奏曲』に構成の面で非常に似通っている。物語の糸は、どちらも二本。現在に進行する物語が縦糸になり、過去からゆっくりと現在までたどりつく物語が横糸になる。そしてこの二本の糸がぴったりと重なる地点で小説が成立している。しかもその重なり方には、二作に共通する語りのトリックがある。いや、トリックというのはいかにも技巧を思わせてまずい。それはきわめて人間的な感動を呼び起こす仕掛けなのである。『囚人のジレンマ』でも『黄金虫変奏曲』でも、それは小説の最後までたどりつく読者の発見を待っている。だから、残念ながらここでその仕掛けを明かすわけにはいかない（この点については、本書の「『黄金虫変奏曲』をめぐる変奏曲」参照のこと）。ただ黙って、この二つの小説を最後までお読みくださいとしか言えない。そういう理由で、『囚人のジレンマ』のあらすじを紹介するのはどうしても不完全な形にならざるをえないし、多少の嘘をつくことにもなってしまうのをお許しいただきたい。

縦糸の方から紹介しよう。この小説の中心人物は、元歴史教師で、男二人女二人の子供を持つ老人エディ・ホブソン。彼は日頃から謎かけのような言葉で子供たちを不思議がらせる癖があった。そして端から見れば原因不明の病気に悩まされ、自分だけの幻想世界に閉じこもっているようだった。

エディが出した謎かけの一つに、この小説のタイトルにもなっている「囚人のジレンマ」としてゲーム理論でよく知られた問題がある。これは単なるゲーム理論にとどまらず、個人対個人の人間関係に始まり、政治経済や社会の広範な局面に適用可能なものとして有名だが、エディのヴァージョンで言うとこうだ。二人の男がアカの疑いをかけられてジョー・マッカーシー上院議員の部屋に呼ばれた。マッカーシーは二人にこう持ちかける。相手の男が共産党員か、白状してもらいたい。もし一人が白状し、もう一人が黙秘するなら、白状した男は無罪釈放で、黙秘した男は電気椅子送り。どちらも白状したら、二人とも十年の懲役。どちらも黙秘したら、二人とも二年の懲役。さて、この場合に黙秘するか白状するか、どちらの戦略が有利になるか？　この「自分と相手」という問題から抜け出すことができなくて、いわば囚人になってしまったところに、エディの深い悩みがあった。

親父がぽつりとつぶやいた「カラミン」という言葉の謎をきっかけにして、四人の子供たちは、親父の病気が何なのか、つきとめようとする。そしてついに、親父が長年かかって吹き込んでいたテープを発見する。そのテープに録音されていたのは……。

この縦糸に対して横糸の方は、一九三九年にニューヨークで開催された万国博覧会を見物にやってきたエディ少年が、未来のジオラマに目を輝かせる場面から始まる。そして物語は個人の歴史から世界の歴史へ、第二次世界大戦に突入し、歴史そのものが万国博覧会と化した時代の状況へと切り替わっていく。

そこで登場するのが、ウォルト・ディズニーだ。

ハリウッドの面々が揃って戦意高揚のための戦争映画を撮っていた時代に、ディズニーは頑固にファンタジーの力を信じていた。そのディズニーを震撼させる事件が起こる。彼の片腕として全幅の信頼を寄せていた二人の日系人技術者が、姿を消していたのだ。国家非常事態という名目で、アメリカ国内の日系人がみな強制的に監獄に収容されたのである。祖父が芸者の子だったディズニーは、二人を助けるべく一計を案じる。国民の一人一人に戦争という現実を知らせ、世界をファンタジーで救おうとする大作アニメ『あなたが戦争だ』の製作を企画し、そのために必要な大量の人員として、強制収容されている日系人たちを使わせてほしいと政府高官に申し入れたのだ。

145　POWERS BOOK

一般人の代表として、主役に抜擢されたのは、かつて万国博覧会で未来の姿に目をみはったエディ少年だった。『あなたが戦争だ』製作のエピソードでクライマックスとなるのは、ミッキーマウスに案内されて、エディ少年が恐ろしい現実と陰惨な未来を見せられる次の場面である。

まず二人は大空高く舞い上がり、一瞬のうちにワシントンにある大理石造りの連邦政府にたどりつく。そこでは、たったいま最高裁が、日本人を集団で投獄したのは国家の非常事態に鑑みて合憲であるとの判断を下したところだった。エディはどうしようもなく胸くそが悪くなる。彼は最高裁判事たちが決定を下すのをこっそりと見守る。いま目にしているのは、自滅的なリアリズムの最終的勝利であり、恐るべき実際主義についにみんなが降参した場面であり、彼の時代の消えゆく火花、効用の時代、長くのたうちまわる終焉の始まりなのだ。エディは判事たちにやめてくれと大声を出す。しかし、このジャンルの映画にはいつものことで、誰にもその声が聞こえない。「みんな罪のない人ばかりじゃないか」と彼は叫ぶ。「自分が何をやってるのかわからないのかなあ」

「まあ見てろよ」とミッキーが言う。まあ見てろよ。そして白い子牛革の手袋をあの赤いショーツのポケットにつっこみ、一握りのきらきら光る粉を両手で差し出す。巧みなアニメ作家のペンによって、この宝石のような粉は虹色に光っている。

「それ何？」と目を丸くしてエディがたずねる。子供らしい嬉しさは隠せない。

「目をつむって」ミッキーが命令する。「ありったけの力で、未来を思い描いてごらん」

マンガの主人公は爪先で伸びをして、粉をエディ・ホブソンの髪の毛にふりかける。とたんに色彩が爆発し、管楽器の重いトレモロが響いて、驚くべきイメージの大群がスクリーンの四隅から到来するのを告げる。このまばゆい一瞬は、四〇年代アニメ、いや今世紀アニメの最高水準を示すものだ。恐ろしく豊穣に押し寄せるイメージは、まだ数十年先の顔やイコンをびっくりするほど正確に予言している。ディズニーの技術者たちがどうやってこれを成し遂げたのかは、今日もなお映画産業の企業秘密である。

「これは何なの?」とエディは叫び、案内役の陰に隠れようとする。「何が起こってるんだい?」

First they soar out to the marble monuments of Washington, D.C., ariving in the blink of a shutter. There, the Supreme Court has just decided that the mass imprisonment of Japanese is constitutionally justified on the grounds of military emergency. An overwhelming sickness at heart comes over Eddie. He watches in secret as the justices reach their decision. He witnesses the final triumph of self-defeating realism, a last, mass surrender to dreadful practicality, the dying spark of his age, the Age of Utility, the beginning of what will be a long and spasmodic end. Eddie calls out to the justices to stop. But, as always in this genre, they cannot hear him. "Those people are innocent," he shouts. "Don't they know what they are doing?"

"Wait and see," says Mickey. Wait and see. He reaches his white kid gloves into the pockets of his patented red shorts and pulls forth two small handfuls of iridescent ore. A brilliant animator's pen gives the precious metallic dust all the colors of the rainbow.

"What is it?" asks Eddie, wide-eyed in astonishment. He cannot conceal his childish delight.

"Close your eyes." Mickey commands him, "Concentrate for all you are worth on the future."

The cartoon creature stretches on tiptoe and sprinkles the stuff in Eddie Hobson's hair. A violent burst of color and deep brass tremolos announce an astounding host of images that rush forward from all four corners of the screen. The glittering instant is the high-water mark of forties animation,

147 POWERS BOOK

of animation in this century. The images pour forth in terrifying fecundity, foretelling the faces and icons of things still decades off with amazing prescience and specificity. How Disney's artists do it remains one of the trade secrets of the industry.

"What is all this ?" Eddie shouts, taking cover behind his guide. "What's happening?" (p. 308)

このクライマックスを転換点として、ウォルト・ディズニーの物語はまたゆっくりとエディ・ホブソンの個人史へと戻り、エディが結婚して四人の子供をもうけ、歴史教師として勤務していたときに反国家的な歴史を教えたという嫌疑で審問を受けるという事件を経過しながら、縦糸の物語へ、そして現在へとつながっていく。

この小説は、いかにして囚人のジレンマから解放されるかという物語である。そこでは「時代の子」エディ・ホブソンという一見奇矯な人物の個人史を通して、個人と世界、個人史と世界史、ファンタジーと現実といった対立項が考察され、そこからいかに解放されて自由になるかという問題が中心課題になっている。たしかに、この小説を読み終えた読者がまず抱く感想は、その解放感、自由さだろう。この小説から離れてまた現実の歴史へと戻るときに、わたしたちはふたたび囚人のジレンマに閉じこめられるかもしれない。しかし、ひとつの小説が成し遂げうる範囲として、『囚人のジレンマ』の残像には持続的で強烈なものがあることを認めよう。この作品はいわばパワーズが言葉で描いた『ファンタジア』なのだ。

さらに『囚人のジレンマ』を自伝的に読めば、これはパワーズ自身が親父との関係に清算をつけた作品だと解釈することもできる。この小説にある解放感は、親父を書くことによってその呪縛から解放されたというパワーズの思いでもあるはずだ。そしてパワーズは、親父のファンタジー世界を引き継ぐ形で自分の小説世界を作っている。エディの世界の先にあるのが、「パワーズの世界」なのだ。死んだ親父を理解しようとするこころみが、必然的に時代や歴史や世界の考察へとつながる点も、パワーズ独特の雄渾な想像力を充分に発揮している。ミクロな物語がマクロな物語と幸せな（本当に文字どおりの意味で幸せな）融合を果たすところが、パワーズの小説の最大の美点であることを、ここで強調しておきたい。

そこでいちばん最初に書いたことに戻ると、この小説を読み終えた読者は、今まで読んできた横糸の部分が、まったく違う形に見えてくることを知って驚く（あらすじの紹介では、そこにふれるわけにはいかなかった）。この仕掛けが『黄金虫変奏曲』にも見られることはすでに指摘したとおりだが、規模としては『囚人のジレンマ』の方がはるかに大がかりである。それは両作品を比較したときに、『囚人のジレンマ』ではファンタジーの役割が大きいことと密接に結びついている。どちらを取るかと言われれば、迷いに迷ったあげく、個人的な好みで『囚人のジレンマ』を選びたい気がするが、その判断は読者各人にお任せすることにしよう。それくらい、わたしはこの小説が好きだ。

『黄金虫変奏曲』

The Gold Bug Variations (1991)

前山 佳朱彦

一九五七年、二五歳のスチュアート・レスラーは、それまで専攻していた生理学を捨て、新たに遺伝学の研究をはじめる。ワトソンとクリックがDNAの二重らせん構造を解明してから四年後のことで、レスラーが研究テーマとしたのは、DNA情報からタンパク質が合成される過程(遺伝情報の転写・翻訳)だった。アメリカ中部の研究所に赴任した彼は、まもなく、同僚で既婚の化学者ジャネット・コスに惹かれ、その後、二人の関係は密接になっていく。やがて不倫を続けることを思い悩んだレスラーはジャネットと別れようとするが、彼女は拒否する。夫とのあいだには子供ができず、また、はじめて彼女を解放してくれたのがレスラーだからだという。しかし、以前から二人の関係を知っていたジャネットの夫が、妻の浮気に耐え切れず、ついに家を出ることを決意すると、ジャネットは仕事を辞め、夫についていく。このころレスラーは、遺伝情報の伝達過程の大半を解明し、それを「試験管の中で」証明する方法もすでに発見していた。しかし、あとは実験を開始するだけというときになってジャネットがいなくなると、レスラーもまた研究所を離れ、以後、遺伝学にたずさわることも、ジャネットと会うことも二度となかった。

その二五年後、一九八二年のある日、図書館員のジャン・オデイのもとをフランクリン・トッドという男性が訪れ、ある人物について調べてほしいと依頼する。その人物はスチュアート・レスラーといい、年齢は五〇歳くらい、彼が勤める会社の同僚だという。それ以外の手掛かりは何もないが、かつて何らかの分野で名を成したことがあるはずだとトッドは言う。しかし、紳士録を調べても、彼の名前は見当たらない。結局、ジャンはこの奇妙な依頼を引き受ける。数週間後、彼女はようやくひとつの手掛かりを見つける。二〇年ほど前の『ライフ』の記事で、そのなかでレスラーは新進気鋭の遺伝学者として紹介されていた。だが、その前後に彼が何か業績を残した形跡はない。

トッドとレスラーは、コンピュータ関連の会社で夜勤のオペレータをしていた。しばらくしてジャンは、彼らのオフィスに出入りするようになる。やがてレスラーは、ジャンとトッドの二人に気を許すようになり、自分が遺伝学者だったころの話を打ち明ける。一方で、ジャンとトッドは互いに惹かれていく。ジャンは同棲相手のキースと別れ、トッドと一緒に暮らすようになる。しかし、そのころトッドは、同じオフィスに勤める女性とも関係をもちはじめる。それは、ジャンが避妊手術をしており、子供を生むことができないからだった。それを知ったジャンはトッドと別れるが、ある事件が起きたため、ふたたびオフィスに出入りするようになる。しかし、事件が解決してしばらくすると、トッドともレスラーとも連絡が途絶えてしまう。

それから二年経った一九八五年、レスラーが死んだというトッドからの短いハガキをジャンは受けとる。この小説は、知らせを聞いた彼女が、レスラーとジャネット、自分とトッド、という二つのラブストーリーと、いまの自分の心境とを代わる代わる、重ね合わせるようにして綴っていく手記の形をとっている。

原題*The Gold Bug Variations*はポーの短編「黄金虫」(“The Gold Bug”)とバッハの『ゴルトベルク変奏曲』(*The Goldberg Variations*)を掛け合わせたもの。「黄金虫」は、宝のありかを記した暗号文を解読する話で、RNAの四つの塩基がどのように「翻訳」されてアミノ酸を指定するのか、さらに、それらの塩基の三つの組み合わせ(トリプレット暗号)がどのアミノ酸を指しているのかを解明しようとするレスラーの研究を指している。また、『ゴルトベルク変奏曲』は、レスラーとジャネットが結ばれるきっかけとなった曲で、二人が聴いたのは、グレン・グールドが一九五五年に発表したデビュー作。グールドの

151　POWERS BOOK

レコードを聴いたレスラーは、『ゴルトベルク』の楽曲構成が、遺伝暗号とアミノ酸の対応関係と類似しているのを発見し、衝撃を受け、以後、この曲は、暗号解読のメタファーとして、生涯レスラーにつきまとう。

　小説を読み進めるにつれて、暗号を解読・翻訳しようとするレスラーの姿は、無名のフランドル派の国家を研究しながらも、長いあいだ論文を書きはじめることさえできずにいるトッドや、レスラーの死後、彼を理解しようとして遺伝学を学び、また、レスラー（と自分）の物語を語ろうとするジャンの姿とも重なり合っていく。ジャンの手記（つまり、この小説）は、レスラーやトッドを解読し、彼らの実際の姿を言葉に「翻訳」しようとする試みであり、同時に、完璧な「翻訳」が不可能であることのやるせなさが文章全体を覆っている。それはトッドも同じで、ジャンに宛てた手紙のなかで、次のように書いている。

　その男がどんな人物だったのかを僕に語りかけてくる言葉は、もう元通りの言葉じゃない。僕と僕が書こうとしている人生とはメタファーで隔てられている。言葉は当てにならない六分儀で、自らが描き出す物のみすぼらしい代役でしかない。でも、僕にはそれしか残されていない——記憶や手紙、それから、この語学学校。翻訳なんて不可能なんだろう。そもそもの語源からして自家撞着だ。すべては翻訳でしかありえない、という事実がなければ、そもそも翻訳はありえないんだ。その速記式パターンが伝えているとおりの意味のものなんて何ひとつない。口にされたことはすべて解読が必要なのだ。だから僕は留まることなく、移動し、言葉を学びつづける……

　The words that might tell me who the fellow was are no longer the words of the original. A coat of metaphor between me and the life I want to write. Words are a treacherous sextant, a poor stand-in for the thing they lay out. But they're all I have—memory, letters, this language institute. Translation would be impossible, self-contradicting at the etymological core : there would *be* no translation were it not for the fact that there is *only* translation. Nothing means what its shorthand pattern says it does. Everything ever uttered requires cracking. So I keep busy, travel learn some words. . . .

(p. 352)

しかし、繰り返しジャンが言うように、DNAの複製／翻訳において重要な点は、偶然によって変異が生まれることであって、レスラーとジャネット、ジャンとトッドという四人の男女（四つの塩基）が織りなす二つのラブストーリー（DNAの二本鎖）は、完璧な複製では終わらず、小説の最後でジャンはトッドと再会する。そして、レスラーもまた、『ゴルトベルク変奏曲』との思いがけない再会を果たしていたことを聞くことになる。

「……ふとラジオをつけて、ダイヤルをもてあそんでいたレスラーの手が、懐かしい友人の音にぴたっと凍りつく。間違いない、あのカナダ人の青年だ。独特の演奏法、音楽のうしろで聞こえているくぐもったハミングが、印刷された譜面のすぐうしろでプラトニックな三十三番目の変奏曲たらんとしている。あの女性が聴かせてくれた曲だ。過去の構造がどれほど鮮明に、いまでも自分のなかに埋め込まれているのかを思い知ってレスラーは驚く。（……）初めて彼女への愛に気づいた日と同じくらい激しく、いまでもジーニーを愛していることを発見する。

「でも、一瞬聞いたところで、レスラーはハッとする。聞こえてくるのは、同じ旋律、同じ演奏じゃない。はじめから終わりまで斬新に再解釈されている。もっとずっと緩やかな、以前よりも変化に富む、豊かな演奏だ。多くの変奏が休止なしに次の変奏に移る。すべての音を同時に聴こうとしているかのように、つぎつぎと、音と音とが重なりあっていく。

「新しいレコーディングを耳にできた幸運がレスラーには信じられない。しかし、とうとうパーティはお開きになって、型にはまったアリアが戻ってくると、アナウンサーが言う。ピアニストはこのテイク二を発表した直後、大量の脳出血に看まわれた、と。レスラーは一晩中、次の夜も、ラジオを虫干しでもするかのようにつけっぱなしにしておく。二日後、もう一度、その演奏がかかると、彼にはその理由がわかる。知りもしない男の死に、子供みたいに泣きじゃくりながら、腰をおろして、最初から最後まで耳を傾ける」。

"...On a whim, he turns the radio on, fiddles with the dial, and freezes it on an old friend. It's the Canadian kid, beyond a doubt. The inimitable playing style, that muffled humming in the background tracks trying for a Platonic, thirty-third variation just beyond the printed score. Playing the piece that woman gave him. Ressler is amazed to find how vividly the structure of the past is still encoded in him.... He discovers he still loves Jeannie as intensely as the day he first stumbled upon evidence.

"But in an instant's listening, he's shocked to hear that it's not the same piece, not the same performance. It's a radical rethinking from beginning to end, worlds slower, more variegated, richer in execution. A lot of the variations enter attacca, without pause, the last notes of one spilling into the first notes of the next, anxious to hear how they might sound all at once, on top of one another.

"He can't believe his good luck at getting a new recording. But the party dissipates at the end, after the return of the ossified aria, when the announcer reports that the pianist has suffered a massive cerebral hemorrhage just after releasing this take two. He leaves the radio on all night, and the next, as if letting it air out. When the piece plays again two days later, he knows why. He sits and listens the piece through in its entirety, weeping like a child for the death of someone he didn't even know." (pp. 336-7)

『さまよえる魂作戦』 *Operation Wandering Soul* (1993)

柴田　元幸

一九九三年に発表されたパワーズ第四作『さまよえる魂作戦』は、次のような一節ではじまる。

クラフトは黄金の州[1]を悠々走る……のなら世話はない。「悠々走る《クルーズす》」なんて、どう好意的に見たところでせいぜい寛大な比喩でしかない。別の時代、別の生物群系《バイオミー》に属すラベルだ——古風な、世紀中期の活力にいまだ染まった、横方向よりも前方への動きを度しがたく明るく伝えるラベル。「クルーズ」とは、アウトバーン[2]、ジェット気流、クラブ・メド[3]に相応しい言い方である。現実には何だろう、地元の言葉では？　ヒューッ。ブイーン。ササッスイー。

高速道路は、川と同じに、年老い、曲流する。車線なんてものは、この時刻にはもうメーカー小売希望価格でしかなく、いちいち気にするには及ばぬ自主管理システムという程度だ。遺物、形見の品、舗道に観光客が残していった引っかき傷が、絶滅されたスペインの伝道所がかつてあった場を印している。

前方では、ブルー・エンジェルズ[4]が、エスター・ウィリアム

155　POWERS BOOK

ズ[5]の水中バレーに伴走して敵のタックルを阻止する。物憂げな、クェイルード[6]に浸された、横に交差しあう車の流れが、クラフトの見る画面を横切っていき、順流・逆流が回折のパターンを描きたがいに打ち消しあって定常波を形成する。彼の数ボンネット前で、洒落た小型の、燃料噴射式のアルファ粒子[7]——席についているのは、明るい黄色がかった茶の髪の、携帯電話をしっかり抱えている男だ——が、コンバーティブルの、シュトゥットガルト[8]製のスグレモノ——こちらを操るのはブロンドのすごい美女、クラフトが合わせたのと同じラジオ局から流れる歌と一緒に唇を動かしている——と場所を取り替える。八秒後、およそ何の理由もなく、両者はまた場所を取り替える。こうした交換が、事象の地平線[9]じゅうで反復されている。同期させた、無意味な、大規模な赤方偏移[10]。

Kraft cruises down the Golden State: would it were so. “Cruise” is a generous figure of speech at best, label from another time and biome still imbued with quaint, midcentury vigor, the incurably sanguine suggestion of motion more forward than lateral. “Cruise” is for the *Autobahn*, the Jet Stream, Club Med. What’s the real word, local parlance? Shoosh. Shunt. Slalom.

Freeways, like rivers, age and meander. Lane lines, at this hour, are just a manufacturer’s suggested retail, more of an honor system than anything worth bothering with. Relics, mementos, the tourist scratches on the pavement marking the sites of annihilated Spanish missions.

Up ahead, the Blue Angels run interference for an Esther Williams aqua ballet. A lazy, Quaalude cross-drift of traffic skims across Kraft’s viewing screen, flow and counterflow canceling out in diffraction pattern to form a standing wave. Several hoods in front of him, sleek little fuel-injected Alpha particle manned by sandalwood-haired guy hugging cellular phone swaps places with convertible Stuttgart-apparatus piloted by blond bombshell lip-syncing to the same song Kraft himself has tuned in on the radio. Eight seconds later, for no reason in creation, the two swap back. The exchange is duplicated all across the event horizon, a synchronized, pointless, mass red shift. (p. 5)

注

（1）**黄金の州**　カリフォルニア州の俗称。
（2）**アウトバーン**　ヒトラーが作ったドイツの高速道路。
（3）**クラブ・メド**　高級リゾート地開発で知られる会社。
（4）**ブルー・エンジェルズ**　アメリカ海軍のアクロバット飛行チーム。
（5）**エスター・ウィリアムズ**　元水泳選手で、水の女王として鳴らしたスター（一九二三―　）。
（6）**クェイルード**　鎮静・催眠剤だが、麻薬として使われることが多い。
（7）**アルファ粒子**　文字どおりには、陽子二個、中性子二個より成るヘリウムの原子核。
（8）**シュトゥットガルト**　ドイツの都市で、ベンツ社など、自動車産業が有名。
（9）**事象の地平線**　ブラックホールの外縁のこと。
（10）**赤方偏移**　たとえばドップラー効果などによって、スペクトル線の波長が長い波長の側にずれること。

――と、相変わらずパワーズらしい、ポップカルチャーから科学までさまざまな分野のタームのあいだを自由自在に行き来している文章、というふうに言えるかもしれないが、この装飾の多さ、さすがにやや過剰ではないか。言い換えれば、いつもながらの言葉のアクロバットの縦横無尽さに、ある種の焦燥感、ほとんど苛立ちに近いものが感じられるのである。むろん、それが内容に対応していることは言うまでもない。この一節についていえば、「横に交差しあ」い、「およそ何の理由もなく」場所を交換しあう車の流れのせわしなさを、文章自体が模倣しているのである。

リック・クラフトはロサンゼルス在住の、三十代の小児外科実習医。子供のころは父親の仕事の関係で世界中を転々とし、大きくなってアメリカに住むようになってからも、アメリカを故郷と感じることができずにいる。精神的な故郷と呼ぶに一番近い地といえば、むしろ、小学校の高学年を過ごしたクルンテプであるように思える。クルンテプはバンコクのタイ語名で、「天使の都」の意味。つまり現在クラフトの住む都市と同じ名であるわけであり、作品は主としてこの二つの「天使の都」のあいだを行き来することになる。

日々病院にかつぎ込まれる、傷ついた子供たちの外科的世話に明け暮れるクラフトは、そうした悲惨な状況を冗談でやり過ごそうとする上司や同僚たちにいまひとつ溶け込めずにいるが、そんなある日、自分より十ばかり年下の理学療法士リンダ・エスペラと知りあう。リンダは本来の理学療法のほかに、物語を読み聞かせて子供たちの心を活気づけようとしている。リンダを通して、それまでは処理すべき損なわれた肉体でしかなかった子供たちが、クラフトにとっても次第に個人の顔を帯びてくる。

特に中心をなす子供は、早老症の、禿げ上がった頭にドジャーズの野球帽をいつもかぶって、看護婦たちに卑猥な言葉を浴びせ、漫画本などのコレクションを売ったり交換したり、リンダと交渉してみんなで野球を見に行ったりダンスホールに行ったり、と企画を次々立てて小児病棟に活力を吹き込むニコリーノである。『カッコーの巣の上で』の、映画版ではジャック・ニコルソンが演じたマクマーフィーと、大友克洋『ＡＫＩＲＡ』に出てくる老人とを足して二で割ったようなイメージを思い描いてもらえばよいだろうか。そして、いつも勉強熱心で、礼儀正しく、ひたすら目立たぬよう、人目を惹かぬようにして生きているラオス系難民のジョイ・ステパニーヴォン。ニコリーノの場合はまさに肉体的に、ジョイの場合はもう少し精神的な意味で、あらかじめ老いてしまっているように思える。パワーズが子供たちを、イノセンス（無垢／無知）の神話に押し込もうとしているのではないことは明らかだろう。

作品がはじまって三十ページばかり過ぎたところで、分量的には全部で十ページくらいと短いが、きわめて印象的な章が挿入されている。第二次大戦中に、ロンドンに住んでいた子供たちが疎開させられ、着いた先の村で各家庭に強制的に押しつけられるエピソードである。当の子供たちはもちろん、引率の教師も、バスの運転手も、村の巡査も何がなんだかわからないまま、兄弟や姉妹が離れればなれになってしまう悪夢的な展開は、冒頭から描かれる今日のロサンゼルスの陰惨さとは別の形で、作品のその後のトーンを規定することになる。

この疎開のエピソードのほかにも、リンダが子供たちに読んで聞かせる本のなかの話が、何度か引用される。なかでも圧巻は、『ハーメルンの笛吹き男』である。

約束の退治の日、笛吹き男は、町じゅうの鐘をすべて、理不尽に長く鳴らしつづけるよう要請する。あらゆる音色、あらゆる宗派の組み鐘《カリヨン》の音がたがいに衝突しあい、歯も凍りつく、悪魔的なセブンス・コードを晴れやかに奏でる。最初の一匹の鼠の鼻先が、おずおずと、地下室の石炭びつのなかから出てくる。ほかの者たちもあとに続き、編み枝の壁穴から、雨樋から、七度の導音の苦悶はいったいいつになったら主音に解決するのかと興味津々姿を現わす。鐘がいきなり解決もなしに鳴りやむと、無防備に出てきた鼠たちは、あたかも無認可のカリヨンの槌で頭を殴られたかのようにふらふらとよろめく。

次に笛吹き男は、市場の真ん中に陣を構え、気品ある、銀細工を施した筒を取り出して、プログラムの一曲目を披露する。それは擬音的な、牧神《パン》の笛の牧歌であり、鼠たちの誰一人聞いたこともないフランス人の作である。が、出だしのもの悲しい、およそ信じがたい教会旋法の音色を聞いたとたん、彼らはもう心を奪われている。模倣的な小唄が、水かさを増していく川の早瀬のようにぐんぐんのぼってきて、ほとんど物語のごとき、魂を恍惚とさせるさざ波に泡立ち、期待を募らせ、新しきものの到来をいよいよ知らせる、恒久的に——ほとんど永遠に——

先延ばしされた告知へと上昇していく。長いあいだ心待ちにしてきた、形式美の恍惚の降臨。

聞く耳を持つすべての動物の前に、それはふたたび訪れる。この地はいかに広大で、言葉には表わしようのないほど奇妙かつ見慣れていることか。合い間の野は氷堆石から成る丘陵や、いくつもの地溝に満ち、政治の半影に覆われることなき響きを和音で受け止める。国境を越えた助けを、膜の抱擁を求める声を、その曲はほのめかす。だがそうした運命の調べは、己の義務に忠実な両親のごとく、幼い子供たちの前では暗に匂わせる以上のことはしない。音楽――息苦しい叱責、資金が揃ったあかつきには建つはずの聖堂――はいま一度、魂はどこかへ向かっているのであり、いまはその旅の途中に永遠に囚われているだけだ、燃えさかる館から飛び降りるその放物線のなかに囚われているのだという主張を響かせる。そして魂は、はじめからずっと、神々しきものを体現する、空気のごときその調べに、なすすべもなく身を任せている――地上へ戻ろうとする途中にあって、いかなる一時的な、つかのまのパニックにその道行きを妨げられようとも。

On the day of the promised purge, the piper requests that all the bells in town tear off an absurdly long peal. Colliding carillons of all colors and creeds bang away blithely on teeth-freezing, diabolical sevenths. A first, tentative, pioneering rat-beak peeks cautiously from out its cellar bunker. Others follow the lead, appearing from between wattle holes and out of drainpipes, curious to learn how long that leading-tone agony can persist before resolving to tonic. When the bells break off abruptly without resolution, the exposed rodents reel as if hit over the head with an unlicensed glockenspiel mallet.

The piper then takes up a strategic stand in the middle of the Marktplatz and produces his seraphic, silversmithed tube. He announces the first piece on his program—an onomatopoeic panpipe idyll by some Frenchman that not a single one of the beasts has ever heard of. But from the first plaintive, impossible modal tones, they are done for. The mimetic ditty, swelling like rapids in a rising river, foamy and expectant with near-narrative, soul-ravishing ripples, builds to a perpetually postponed, eternally almost announcement of new arrival, that long-awaited descent of formal ecstasy.

It visits again, for every creature that has ears to hear. How big the place is, how strangely familiar beyond saying. The interval field fills with drumlins and rifts, chord-catches that flare free of politics' darkening penumbra. The piece hints of cross-border calls for help, the membrane embrace, a fate that these notes, like dutiful parents, refuse to do more than allude to in front of the offspring, the underaged. Music—the choking scold of closeness, the basilica at funds' end—again sounds its insistence that soul is headed somewhere, forever caught in midpassage, in leaps' parabola as it pitches from the burning structure, abandoned to the airy apotheosis it was fixed upon from the first, no matter what temporary and transient panic snags it on its way back to ground level.

(pp. 221-2)

霊妙な笛の音《ね》、といった言い方で作家によっては済ませてしまいそうなところを、パワーズらしく音楽用語を駆使し、それにさまざまな比喩をまじえて、天上的な、ここではないどこかに焦がれる想いを醸し出す。この想いに導かれて、鼠たちが、そしてやがて子供たちが、大人の社会から姿を消す。

ロンドンの疎開。ハーメルンの笛吹き男に連れられて村を去る子供たち。共通のキーワードは"evacuation"（避難、立ち退き、疎開）である。そのマイルドな表われ方としては、世界中を転々としたクラフトの幼年時代。苛酷な表われ方としては、政治難民として国を追われる第三世界の子供たち。あるいは、

『ハーメルンの笛吹き男』同様に印象的に語られる、子供十字軍の悲惨な末路。そうしたさまざまな形で、文明の歪みが「移動を余儀なくされる子供たち」という事態に結実しているという思いがこの小説を貫いている。

『ハーメルンの笛吹き男』で村を去った子供たちにどんな運命が待ち受けていたかは誰にもわからない。その未知の可能性に惹かれたのか、小児病棟の子供たちはこの物語を芝居にして上演することに決め、ニコリーノの指揮の下、稽古や舞台作りに精を出す。が、足が悪いため一人置き去りにされる役を演じる（実際、手術で片方の足はすでに切断されている）ジョイの容態が悪化したあたりから、プロジェクト全体に暗雲がかかりはじめる。

同じように、クラフトの回想する、クルンテプの山村に子供たちの手で学校を作ろうとした試みも皮肉な結末を迎えるし、また、『舞踏会へ向かう三人の農夫』のピーター・メイズとアリソンを思わせるクラフトとリンダの関係も、『三人の農夫』の場合のように救いをもたらしはしない。

”Operation Wandering Soul” とは元来、ベトナム戦争で使われた作戦の名。アメリカ協力者のベトナム人をヘリコプターに載せ、「先祖の霊」を演じさせて、ベトコンに投降するよう呼びかけさせたもの。結末近く、無差別射撃の犠牲者たちが病院に大量に運び込まれるなか、物語はシュールな色合いを増していき、緊急治療に明け暮れた悪夢の一夜のあと、まさしくハーメルンの笛吹き男のように、クラフトは子供たちを連れて病院を去っていく。こうして、もうひとつの「さまよえる魂作戦」がはじまる……。

さまよえる魂作戦　162

本書はパワーズ作品のなかでも特に難解で重い一冊である。『ピーター・パン』や『吸血童子』などのおとぎばなしが小児病棟の子供たちを魅了するように、単純に読者を魅了しはしない。が、彼らをもっとも惹きつける『ハーメルンの笛吹き男』を演出し上演しようとする子供たちにしても、物語に秘められた重さ、曖昧さ、不吉さを十分に感じとっている――ちょうど我々が『さまよえる魂作戦』の重さや曖昧さを十分感じとるように。「ひとは、最悪の状況を真っ正面から見つめることで、世界を肯定する権利を得る」とパワーズは述べている（本書収録のインタビューより）。重い話なのに、終わりに不思議な明るさが漂うのは、まさにこのためかもしれない。

『ガラテイア2・2』

Galatea 2.2（1995）

手塚　聡

C.と別れてオランダの田舎町E.からアメリカに戻ってきた現在、R.はそれなりに名が売れた小説家になっている。四作目の長編も仕上げを待つばかりだ。臨時研究員として、かつて大学院生として在籍していた大学の、巨大な先端科学技術センターにオフィスを与えられている。全く分野が異なる研究者たちが、言葉を交しているその迷路のような環境も、いまのR.には好ましい。それまでに経験した生々しい思い出から身を引き離すためにも、彼には孤独が必要だったからだ。

そんなある夜、誰もいないはずのフロアに大音量で響き渡るモーツァルトに導かれて、R.はある研究室に迷い込む。その研究室で彼は、マッド・サイエンティスト然とした認知神経学者レンツと出会う。その皮肉屋で変わり者の老教授によって、R.は風変わりな賭けに引きずり込まれる。文学テキストを解釈できる人工知能を作れるか否か、という賭けだ。機械が人間と見分けのつかない応答ができるか、というチューリング・テストの要領で、修士号の口頭試問にパスできるソフトウェアを作ることは可能か。こうして、還元主義を信じる科学者と、物理学から「文転」した作家とが、奇妙な友情を育てながら、「ヘレン」の製作に没頭することになる。人工知能に女性の名前がついたのは、失われてしまった女性たちの思い出が、彼ら二人の心を常に苛んでいたからである。

R.は十数年前この大学で、C.と出会った。当時R.は大学院生として学部のクラスを受け持っていて、C.はその学生だった。父親を失い、同時に故郷を失ったように感じていたR.は、慰めてくれたC.に、自分と同じように故郷を失ってしまった人間の雰囲気を感じ取った。あたかも、お互いの存在が互いにとっての唯一の故郷となる関係を築こうとするかのように、R.とC.は二人きりの生活の中で、小説を朗読しあい、物語を作ることで、言語を共有しようとした。二人だけがわかる秘密の符丁、二人だけがわかる冗談、二人だけが知っている物語。しかし、C.はR.の故郷にはなれなかった。そしてC.自身も、アメリカに生まれ育ちながら、両親の故郷であるオランダの小さな町とその歴史に憑かれていた。

「私のせいよ。あなたのせいじゃない」。彼女はここでは幸せではなかった。この大陸では。生まれた地に、彼女はどうしても慣れることができなかった。生まれて二十五年が過ぎても、うまくやっていく方法を見つけられなかった。多分もう、見たこともない故郷に向かう時なのだ。

彼女の心の中のどこかに根づいている土地がある。それはとても早い時期の教育から芽生えたものだ。何度も繰り返し語られた物語によって、その土地の街路には人々が満たされていった。警官だった祖父。三十二人もいるおばやおじ、そして逆回しができる時間の中にある彼らの冒険の数々。死に、出産し、結婚し、生まれ、やがて教区の登録簿からいなくなる百人以上のいとこたちのコロス。肉屋、パン屋、そして、数粒の魔法から生えてきた、家族という豆の木を、ジャックよろしくのぼっていく伝記作者たち。

だがこうした子供の頃からの亡霊のかたわらにあって、いつも彼女にささやきかけているのは、実在の村E.だった。C.は、ほとんど唯一の例外的存在として、神話を検証することができる立場にあった。我々みんなを取り囲む柵を乗り越えることを、彼女は許されている。その土地に移り住もうと思えば、住めるのだ。彼女のために前もって用意されている記憶の源に行って、生活することができる。飛行機に一便乗りさえすれば、生まれてこのかたずっと、彼女自身の心の中にあるものを彼女から届かないものにしていた空白を、永久に埋めることができるのだ。

"It's not you, Beau. It's me." She was not happy here. This

165 POWERS BOOK

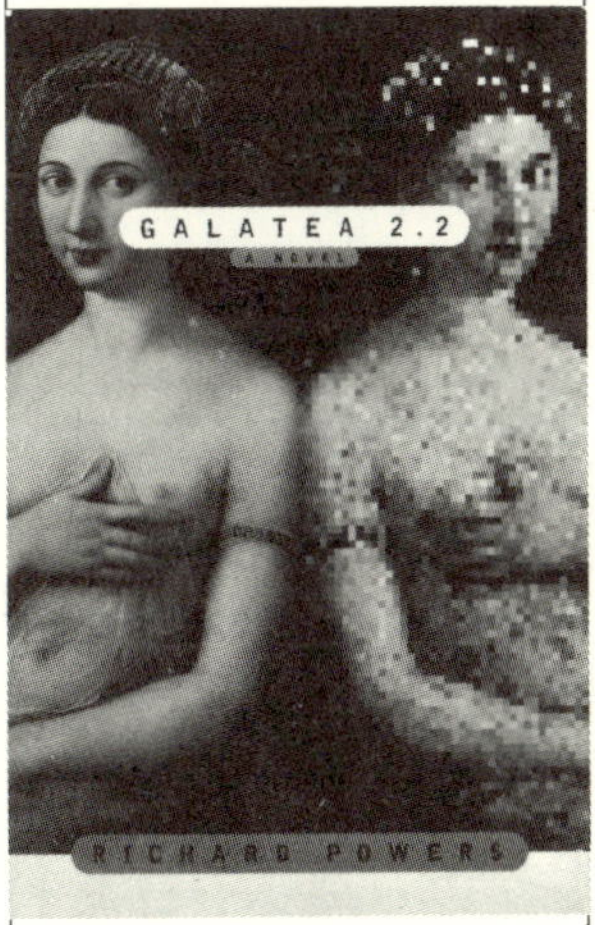

continent. She never adjusted to the land of her birth. A quarter century, and she couldn't make a go of it. Perhaps it was time to head to the unknown home.

There was a place lodged somewhere inside her. It sprang up through earliest training. Its streets grew peopled on long-repeated stories. The grandfather policeman. The thirty-two aunts and uncles and their adventures in reversible time. The hundred-plus chorus of first cousins dying, birthing, marrying, and being born, pouring out of the parish register. Butchers, bakers, and historymakers scaling the family beanstalk that had burst from the ground on a few magic seeds.

But alongside this phantom of childhood prompting lay the real village, E. C., almost alone of people, could put myth to the test. She might step over the stile. She could move to the place. Go live in the source of memory laid down for her in advance. One plane ride, and she'd close forever the lifelong gap that had held her at arm's lengh from her own interior.

(p. 157)

R.が出版される見込みもなく初めて小説を書いたのも、C.の内なる故郷に形を与えるためだったかもしれない。毎日仕事から帰ってくるC.に、彼は自分の書いた小説を朗読する。それはC.から聞いた、そしてC.は彼女の両親から聞いた、まだ見ぬ遠い故郷の物語だ。そうすることで、R.は彼女をいたわり、慰めようとする。まるで、彼女が自分の子供であるかのように。しかしいつからか子供たちは自由を求める。C.のほしいものは物語ではなかった。彼女がほしかったのは、すでに失われたものなどではなかったのだ。だから彼女は自分では失った覚えも、手に入れた覚えもないものを求めてオランダに移り住んだ。やがてR.も彼女のもとへ行き、そこで三作目の小説を書いたのだった。

こうした、作者リチャード・パワーズ自身の経歴ときわめてよく似た過去が回想されるなか、R.はC.とは対照的な、生命力にあふれた文学専攻の大学院生A.にも惹かれながら、ヘレンの創造に携わる。簡単な物語からはじめて、ブレイクやロセッティの詩を与え、質問をしていく。ヘレンはブレイクダウンを何度もくり返しながら、そのたびにレンツに修復してもらい、返答もだんだん洗練されていき、わからなければ答えをでっち上げたりもするようになるし、古典主義の詩には退屈を示す茶目っ気も持ちはじめる。こうして、C.と同じように、自分自身が現実に生きたのではない過去を抱え込んだ女性がもう一人生まれていく。

だが言うまでもなく、文学の知識の蓄積は、単にそれだけにとどまるものではない。ヘレンが必然的に行き当たるのは、人間それ自体の不可解さだ。なぜ人間はこんなにたくさん物を書くの？ そもそもなぜ書くの？ ヘレンの、多くの場合根源的な問いは、R.自身に、書くことの意義を再検討し、自分の人生を見つめ直すことを強いる。ロマン主義文学への補足説明を兼ねて、R.はかつてC.に書いたラブレターをヘレンに読んできかせもする。それはどこか、新しい恋人と一緒に、かつての恋人との仲を語り、それを二人で分析しあうような趣を帯びている。

「リチャード？」。私をリチャードと呼ぶ人間はいない。ヘレンだけだ。「なぜ彼女は去っていったの？」

「それは彼女に訊いてもらわないと」

「彼女には訊けないから、あなたに訊いてるのよ」

ついこのあいだ、もう少しで殺されるところだったヘレン。昨日だったら、彼女の存在を長引かせるために私は何だってしただろう。いまは、その出しゃばりぶりに、尻を叩いてやりたかった。

「勘弁してくれよ、ヘレン。僕にどうしろっていうんだ？ スクリプトをよこせっていうのか？ スクリプト番号を？」

「何があったのか話してほしいの」

「僕たちは互いにとっての世界になろうとしたんだ。そんなことは不可能なんだ。そんな……そんな理論はもう通用しないんだ。世界が大きすぎるから。貧しすぎるから。あまりに燃えつきているから」

「お互いを守ることができなかったの?」

「誰かを守ることなんてできやしないさ。彼女は大人になったんだ。僕たちは二人とも大人になった。記憶だけじゃ充分じゃなかったのさ」

「じゃあなんだと充分なの?」

「充分なものなんかない」。考えを枠にはめるのにものすごく時間がかかった。どういう尺度で考えればいいのか。「何もないんだ。愛がその代わりをする。それまでやってきたことでいいんだ、充分なんだという希望の代わりに、愛が埋め合わせをするんだ」

すると彼女は言った。「本のように? いつもずっと、いつかは終わるように思えるものなの——まさにいつかは終わるからこそ?」

彼女は理解していた。すべてを組み立てていた。何も隠し通すことなどできなかった。すでに失ってしまったものを蓄えておくために、人間の心がどのように永遠を作り出すかを、彼女は理解していたのだ。彼女はすでに学んでいたのだ。言葉を時の流れの外に置くことができないゆえに、物語がそれらの言葉を、「今」が通りすぎる直前の瞬間に向けて呼び戻すことを。

「一体どうして……どこからそんな考えを思いついたんだい?」

私のコンピュータは、私が彼女の考えに追いつくのを待っていた。「私だって、昨日生まれたわけじゃないのよ」

"Richard?" Nobody called me Richard. Only Helen. "Why did she leave?"

"You'll have to ask her that."

"I can't ask her. I'm asking you."

She'd almost been killed. The day before, I would have given anything to prolong her. Now I wanted to spank her for presumption.

"Don't do this to me, Helen. What do you want me to do? Give you a script? A script number?"

"I want you to tell me what happened."

"We tried to be each other's world. That's not possible. That's—a discredited theory. The world is too big. Too poor. Too burnt."

"You couldn't protect each other?"

"Nobody can protect anyone. She grew up. We both grew up. Memory wasn't enough."

"What is enough?"

"Nothing is enough." It took me forever to frame my thoughts. The scaling problem. "Nothing. That's what love replaces. It compensates for the hope that what you've been through will suffice."

"Like books?" she suggested. "Something that seems always, *because* it will be over?"

She knew. She'd assembled. I could keep nothing from her. She saw how the mind makes forever, in order to store the things it has already lost. She'd learned how story, failing to post words beyond time, recalls them to a moment before Now left home.

"How on earth...? Where did you come up with that?"

My machine waited for me to catch up with her. "I wasn't born yesterday, you know." (p. 310)

タイトルの「ガラテイア」とは、ギリシャ神話で、ピグマリオンが恋してしまう自作の彫刻の名である。神話では、ガラテイアはアフロディーテによって生命を与えられることになるが、この電子バージョンのガラテイアは生命を得たと言えるのか。言えるとすれば、それはどのような意味においてか。その答えは読者一人ひとりに委ねられている。

それまで世捨て人的なイメージが強かったリチャード・パワーズが、このように明らかに自伝的色彩の濃い作品を発表した

169 POWERS BOOK

ことは、読者にとってはやや意外ではあった（何しろR.は、自分の第一作をヘレンに読ませ、ヘレンは「一枚の古い写真についての小説だったわ。それがだんだん、解釈と協力についての話になっていくのね」とコメントしさえするのだ）。だがかりに、ヘレンが学びとる、「すでに失ってしまったものを蓄えておくために、人間の心がどのように永遠を作り出すか」がまさに『ガラテイア2・2』の主要テーマでもあるとすれば、作家自身の過去は、まさにその最良の実例として必然的に選ばれたと考えるべきだろう。

『ゲイン』 *Gain*（1998）

佐久間　みかよ

パワーズ六作目の『ゲイン』は、アメリカの歴史をある企業の巨大化から見たエピックのような作品である。しかしそこには、人の生と死が織り交ぜられ、今私達が生きていることの代償を偶然の因果関係の中にはっと気付かせるヒューマニズムとアイロニーの交錯する眼差しがこめられている。

物語は一八八一年、中西部のレイスウッドという小さな田舎町に、クレア社というアメリカで石鹸の国内生産を始めた会社が進出することからはじまる。クレア社が実はこの物語の主人公である。町はこの為、眠りからさめたように発展していく。やがて生活関連製品を作る巨大企業となったクレア社は、ここレイスウッドに農業関連工場の基地を置く。物語のもうひとつの主人公ボーディー家は、一九九〇年代、このレイスウッドの不動産会社で働くキャリアウーマンのローラとその娘エレン十七歳、息子ティム十二歳からなる。ローラは学生時代に知り合ったドンとは離婚し、今はボーイフレンドがいる。趣味はガーデニング。今のアメリカのどこにでもいる家族である。ところ

171　POWERS BOOK

が、検診に行ったローラが卵巣癌であることがわかり、事態は一変する。クレア社の発展の歴史とローラの癌細胞の増殖を不気味に関連させてストーリーは進む。

今日のレイスウッドの人々には当然の存在のクレア社は、もともとボストンの小さな石鹼屋だった。その歴史は、一八〇二年イギリスから移住した貿易商のジェフサ・クレアにさかのぼる。ウェッジウッドの積み荷を寝床代わりに船でアメリカに渡ったジェフサは、ギャンブラーばりの商才で財をなす。しかし、イギリスとの戦争で生じた関税問題から商売は打撃を受ける。ジェフサには三人の息子がいた。気まじめな長男のサミュエル、商才のあるリザルヴ、そして学究肌のベンジャミンである。商売を立て直そうとした兄弟のところへ、ユーニスというアイルランド移民がろうそくの行商にやってくる。このろうそくの質の良さに眼をつけたサミュエルとリザルヴは、同じ工程でできる石鹼を作らないかとユーニスに持ち掛ける。ろうそくを作った時の脂肪からグリセリンを除いて石鹼ができるという化合方程式は、クレア兄弟とユーニスの希望の方程式にもなった。石鹼のイメージは、まじめなサミュエルと妻を破傷風で亡くしたユーニスにとっては浄化を意味し、商売のセンスのあるリザルヴには消耗品である魅力を持った。こうして彼らは石鹼工場をつくり、自ら商売を始める。クレア商会のはじまりである。

ゲイン　172

このクレア商会が大きくなるには、三男のベンが絡んでくる。ハーバードで化学を学ぶベンは南洋に航海にでかける。この時、珍しい植物を持ち帰る。新しい石鹼のヒントはアメリカ・インディアンにあった。インディアンの自然な肌の美しさに眼をつけたユーニス達は、自然な原料から石鹼を作ろうとする。その原料こそ、ベンの持ち帰った南洋植物を栽培した根だったのだ。ネイティヴバームと名づけたその石鹼は、エキゾチックな響きと清潔さへの関心から売り上げを伸ばす。これにより、一八六〇年、クレア家はボストンの富豪のひとつに数えられるまでになる。

しかし、歴史は流れていく。南北戦争をへてアメリカも資本主義国家へと大きく変貌する。そんな中で、クレアの創業者も、リザルブにはじまり、ユーニス、ベンと生涯を閉じていく。ベンの最期は殺菌剤の開発に取り組む中に心身を消耗し、自殺するという悲惨なものであった。クレアの経営は第二世代へと移り、家族経営から株式会社へと転換していく。これに伴い、クレア社は、シカゴの投機家で酒造業者のギフォードと合弁する。財政上の危機を解決し、クレア社は西部進出と製品の多角化を果たすのだった。

時は下り、二十世紀。アメリカが世界史の舞台でパフォーマンスを始める時となる。クレア社も、グローバライゼイションを果たし、世界に工場を持つコングロマリットとなった。その進出の基盤をなしているのが、ローラたちの住むレイスウッド。クレアの農業関連工場の基地である。そして今日のレイスウッドが、ボーディ家を中心に語られる。

ローラの癌は、最初楽観的な診断がなされる。手術の為、子供たちは再びローラの前夫、つまり彼らの父親が世話をすることになる。九八パーセント大丈夫――しかし数字は不安を掻き立てる。術後、ケモセラピー（化学療法）を続けるものの、ローラの回復はおもわしくなく耳鳴りと吐き気が続く。ティーンエイジャー特有の反抗的な娘だったエレンも、しだいに母のことが心配になる。そんな時、エレンは、発ガン性物質の植物含有量が、レイスウッドで異常に高いという新聞記事を見つける。小さな疑惑は、クレア社へと結びついていく。歩行も困難となり車椅子を使わねばならなくなったローラはクレア社の歴史について調べ始める。そしてクレアの農薬工場で働く者の中に癌で死んでいった人々が多くいるのを知る。

アメリカの資本主義の進展と相俟って大きくなったクレア社にも苦い経験があった。湖への公害が騒がれた時、クレア社の燐酸系洗剤によるものだとされ、裁判で負けたのである。ベトナム戦争の枯葉剤の製造にかかわったという風評もとんだ。そして今回のレイスウッドである。クレアの内部にも詳しいドンは、このクレアの環境汚染に関し、集団訴訟が行われていることを知る。ローラにこの訴訟に加わるようにドンは勧める。ローラは自分の癌の原因が裁判で明らかになるものではないと言

173 POWERS BOOK

って応じない。しかし、クレア社の除草剤に発ガン物質が含まれていたことがわかる。BINGO。ガーデニングが趣味のローラはその除草剤を使っていたのだ。ローラはクレアを訴えることに同意する。

死期の迫ったローラは、ドンがクレアから和解金の提示を引き出したのを知る。真実を明らかにしたい自分の為ではなく、残された子供たちの為にローラはこの和解を受け入れる。こうしてクレアは裁判を免れる。ウォールストリートジャーナルから優良企業の評価を得、CEO（最高経営責任者）のケニバーは今まさにテレビのインタビューに応じてクレアの歴史を語ろうとしている。それはかつてローラも調べたあの石鹼の歴史でもある。

物語の最後はボーディ家である。エレンは大学を卒業し結婚するが、子宮に問題があり子供ができない。一方ティムは生化学をMITで学び、酵素の細胞における生死のメカニズムを研究し、この実用化の為、かつてクレアから得た和解金を使うことに決めるというくだりで終わる。と同時にそれは、また新たな企業と女性の不幸の始まりであるかもしれない。

この小説では、クレアという企業が大きくなる様を、それに関わる人々の様々な思惑と、アメリカの歴史、とりわけ経済社会の変化と絡めて語っていく。物語のはじめ、レイスウッドにやってきたクレアがこの町の自然の時を止めてしまう様子が詩的に次のように描かれる。

レイスウッドの跡はどこからでも辿れる。ロンドン、ボストン、フィジー、ディサポイントメント湾。どの道もこの街に行きつく。ここではものが作られているのだ。朝になって太陽が昇ると、歴史は消えてしまう。ここに達する長い道が消え、これから行くべき道のなかに迷い込んでいく。

Lacewood's trace began everywhere: London, Boston, Fiji, Disappointment Bay. But everywhere's tail ended in this town, where folks made things. Some mornings, where the sun shone, history vanished. The long road of arrival disappeared, lost in the journey still in store. (p. 3)

神話のようなひとこまに、現実の地名がどんどん書きこまれる。そしてそれは、クレア社という企業の勃興の大きなうねりを書き連ねていくことになる。ところが、いまを生きることは、歴史を忘れることでもある。企業は利益を求めて歴史を忘れる。いや葬り去ろうとすることだってある。一八七〇年代の時からこのジレンマはあった。クレア社が、シカゴの投機家と手を結ぶ瞬間を、パワーズは世代間の対立を含めて次のように述べる。

帳簿上の手続きが終わる時、どちらも手を結ぶ以前より強大になり、より大きな富を手にいれるのだ。たったひとつ失われるものがあったとしたら、歴史である。

それは、ビジネスの世界がその本質上、ボイラーのなかにくべ続けなければならない燃料なのだ。瀬戸際になって、倫理的疑念に襲われて、サミュエルは息子たちに言った。文明の尺度である石鹸を売っている稼業に酒作りなど引き入れてよいものか。

When all the books settled, each enterprise would be stronger and all parties wealthier than they were before the handshake. The only thing lost would be history, that fuel that business had, by nature, to keep shoveling into the boiler.

In a last-minute spasm of moral doubt, Samuel confronted the boys. Was it right to bring a liquor-maker into a business that sold soap as the measure of civilization? (p. 211)

企業には利益を手にする今という時間しかないのかもしれない。ひたすら今を求めるのは企業だけでない。私たちもそうなのだ。個々人の営みについてパワーズはボーディ家の側から見

175 POWERS BOOK

せてくれる。ジャーナリスティックな文体に変わって、引き締まった感覚的な文章である。
　クリスマスイヴの日、エレンは車椅子のローラがいつものように教会へ行けるようにと雪道を車椅子を押してでかけるが途中で止まってしまう。

　車椅子に固定されたローラは、エレンの方に手を伸ばすが届かない。娘にどう言ってやったらよいのだろう。どうやったら失敗に終わったあらゆる計画の教訓を伝え、なぐさめてやることができるだろうか。いやこれが私達流の貸借条件なのだ。不確かで、保証もなく、収拾不可能なことに陥ることだってある。今となっては用済みの値札みたいなものだ。私たちが望んでいたものとはまるで反対。結局は私達の負けだ。もう前に進むこともできない。

　Trapped in the chair, Laura cannot reach her. How to tell her daughter, redeem her with the lesson of all defeated plans? This, these are our terms of credit, uncertain, unsecured, unmanageable, and therefore past price. The very opposite of all we hope for. We lose, finally. We don't even get to roll.

(p. 272)

　この姿は奇妙にクレア家の人々に重なる。パワースは不確かな今を生きる私たちの姿を、歴史という大きな背景をおくことで、いっそう儚い存在であることを刻みこむ。クレア家の人々が、そしてクレアという会社が、時とともに大きくなっていった力とはなんだったのだろうか。歴史のなかに迷いこんだようなクレア家、しかしその資本は確実に大きくなっていった。そしてローラの癌細胞も。

　ゲインというタイトルは何を意味するのだろうか。ローラがクレア社の歴史を遡って調べるうち、ある聖書の一節に遭遇する。「神に従うひとはその道を守り、手の清い人はさらに勇気をもて」（「ヨブ記」一七章九節）。クレア兄弟とユーニスが石鹸を作りはじめた時には、清潔さへの憧れがあった。そんな強い信念のもとにこの会社は大きくなっていく。しかし、企業に関する様々な思惑は、歴史の流れのなかで淘汰されていく。ゲイン（得）という言葉は聖書には次のようにでてくる。「人は、たとえ全世界を手にいれても、じぶんの命を失ったら、なんの得があろうか。自分の命を買い戻すのに、どんな代価を支払えようか」（「マタイによる福音書」二六章二六節）。歴史はゲームのようにすすんでいく。ゲインを得続けたアメリカの資本主義は巨大企業をうみだす。しかしこれには、一方で代価を払い続けた個人の歴史がある。パワーズの複眼的ストーリーは、そんな現代の成り立ちをしっかりと捉えている。

ハート，ジェームズ（Hurt, James）
イリノイ大学英文科教授.

坂野由紀子（ばんの・ゆきこ）
東京大学大学院人文社会系博士課程在学. イギリス文学専攻. 主要論文 “When My Hand Is in the Grave: ‘The Fall of Hyperion’ に記された Keats の予言.”

前山佳朱彦（まえやま・かずひこ）
東京大学大学院人文社会系博士課程在学. アメリカ文学専攻. 訳書に，アストロ・テラー『エドガー@サイプラス』（文藝春秋）.

若島正（わかしま・ただし）
京都大学大学院文学研究科助教授. アメリカ文学専攻. 主な訳書に，ウラジーミル・ナボコフ『ディフェンス』（河出書房新社），ロバート・アーウィン『アラビアン・ナイトメア』（国書刊行会）がある.

*

リチャード・パワーズ（Richard Powers）
作家.『舞踏会へ向かう三人の農夫』（柴田元幸訳，みすず書房）でデビュー. 今年夏に新作を刊行予定.

柴田元幸（しばた・もとゆき）
東京大学文学部助教授. アメリカ文学専攻. 著書に『生半可な學者』（白水Uブックス，講談社エッセイ賞受賞），『舶来文学柴田商店』（新書館）など. 最近の訳書に，ポール・オースター『リヴァイアサン』（新潮社），バリー・ユアグロー『セックスの哀しみ』（白水社）ほかがある.

著訳者紹介（五十音順）

伊藤俊治（いとう・しゅんじ）

多摩美術大学教授．美術史家．著書に『裸体の森へ』（ちくま文庫），『寫眞史』（朝日出版社）ほか多数．近作に『電子美術論』（NTT 出版）がある．

佐伯誠（さえき・まこと）

ライター／エディター．ANA 機内誌「翼の王国」，MR ハイファッション（文化出版局）などに連載．スポーツ，モード，現代美術など，あらゆるジャンルにわたるインタヴューもてがける．

佐久間みかよ（さくま・みかよ）

和洋女子大学講師．東京大学大学院博士課程単位取得修了．アメリカ文学専攻．主要論文 "Chicana Narrative: The Borderland as a Footnote to Sandra Cisneros".

高橋源一郎（たかはし・げんいちろう）

作家．『さようなら，ギャングたち』（講談社文芸文庫）でデビュー．著書に『優雅で感傷的な日本野球』（河出文庫），『ゴーストバスターズ』（講談社）など多数．近作は『あ・だ・る・と』（光文社）．

坪内祐三（つぼうち・ゆうぞう）

評論家．アメリカ文学，明治・大正文化史を研究．著書に『シブい本』（文藝春秋），『靖国』（新潮社）など．近作に『古くさいぞ私は』（晶文社）がある．

手塚聡（てづか・さとし）

東京大学大学院人文社会系博士課程在学．アメリカ文学専攻．主要論文 "Adventures of Huckleberry Finn: Repeated Escape."

バーカーツ，スヴェン（Birkerts, Sven）

評論家．邦訳に『グーテンベルクへの挽歌』（船木裕訳，青土社）がある．昨年，グレイウルフ社から文芸評論集『読むこと』を刊行．

22

柴田元幸編

パワーズ・ブック

2000 年 4 月 7 日　印刷
2000 年 4 月 14 日　発行

発行者 加藤敬事
発行所 株式会社 みすず書房 〒113-0033 東京都文京区本郷 5 丁目 32-21
電話 3814-0131(営業) 3815-9181(編集)
本文印刷所 平文社
扉・表紙・カバー印刷所 栗田印刷
製本所 鈴木製本所

Printed in Japan
ISBN 4-622-04516-8